외로운 증언 證言

박석수 전집 ❶ 소설

외로운 증언 證言

박석수 전집 ❶ 소설

도서출판 북인

발간사

지금 이 땅이 파라다이스인가 묻는다

박석수는 뛰어난 시인이자 소설가였다. 그는 동물적 감각으로 송탄 일대의 기지촌 문제를 그려냈다. 그가 남겨놓은 시나 소설은 오늘날 이 땅을 살아가는 우리들에게 이곳이 과연 파라다이스인가 묻고 있다. 미군 위락시설이었던 파라다이스는 지산동에 위치해 있었지만 지금은 사라지고 없다. 현재 그 시설은 사라지고 없지만 대추리 등 많은 우여곡절을 겪으며 미군들이 평택으로 모여들고 있는 것이 현실이다. 물론 박석수 당대의 현실과 지금의 현실은 상당한 차이가 있을 것이다.

박석수는 당대의 현실을 인당수에 몸을 던져 아버지를 구한 심청이에 빗댄 바 있다. 기지촌 여성들의 조악한 삶을 상징적으로 보여준 것이다. 더 이상 이러한 부조리한 일을 없을 터이다. 그럼에도 불구하고 박석수가 제기했던 기지촌의 문제점들은 오늘날 이 땅에서 살아가는 우리들에게 역사적 과제를 제시하고 있는 것이다. 그의 작품에 나타난 이러한 예지는 스산한 철조망을 두고 살아야 했던 민초들의 삶에서 비롯된 것이다.

십여 년 전 박석수의 시전집을 내고 작은 시비라도 세우고자 했지만 쉽지 않았다. 그나마 2017년께 박석수기념사업회가 창립되고 나서 몇 가지 사업을 추진해왔으나 여러 어려움에 봉착해 있다. 이러한 상황에서 모든 역량을 집중해서 박석수 전집을 만드는 데 전력하기로 했다. 박석수의 작품 텍스트를 구하는 것도 어려워지고 흩어진 작품을 모아두어야만 후일을 기약할 수 있을 터이기 때문이다. 올해 한 권을 내고 다음해에 힘이 닿는 데까지 발행하고자 한다. 출판사와 협의하여 전집 형태로 진행될 것이다.

어쨌든 첫 걸음이다. 평택시 문학 분야 공모사업에서 지원을 받고 나머지는 박석수 기념사업회에서 보탰음을 밝힌다. 몇 년 뒤 전집이 완성되어 도서관에서 그의 책을 마음놓고 빌려보는 시절이 오기를 간절히 바라는 바이다.

2020년 12월

박석수기념사업회

차례

철조망 속 휘파람

—쑥고개 ①

밤 사이 복부에 깊은 칼침을 맞고 아버지와 송아지만 한 개가 나란히 나뒹군 미군부대 철조망 주위에는 하얗게 내려 쌓인 눈에 군데군데 붉은 피가 스며 짙게 배어 있었다. 두 구軀의 시체만 없었더라면 아마 그것은 빙수기계로 얼음을 곱게 갈아놓고 그 위에 빨강물을 몇 방울 떨어뜨린 것과 같은 아름다움을 주었을는지도 몰랐다.

그만큼 새벽에 보는 새하얀 눈과 눈 속에 스며있는 새빨간 피의 대비는 섬뜩할 만큼 강렬한 그 무엇이 있었다.

권총을 찬 MP들과 한국 경찰들은 끊겨져나간 철조망의 양쪽 끝을 장갑 낀 손으로 살펴보기도 했고, 흰 눈 위에서 유난히 까맣게 보이는 군화발로 거적을 툭툭 걷어차면서 그 속에 누워 있는 아버지의 주검을 귀찮게 굴었다.

MP 하나가 곁에 있는 또다른 MP를 향해 혼잣말처럼 뇌까렸다.

"오 마이 갓. 이즈 히 더 노토리어스 포키 가이? 하우 미닝리스 데스 잇 이즈!"(이 친구가 바로 그 유명한 돼지형이란 말인가? 어이 없이 죽었군!)

껌을 질겅거리며 군화발로 거적을 뒤적이던 MP가 그 말에 대꾸했다.

"애니바디 캔낫 인쥬어 투 비 컷 업 윈즈 앱도미널즈 이븐 피그펜즈 오어 타이거즈 애니하우 후 메이드 디즈 해프닝?"(돼지가 아니라 호랑이라도 배를 갈라놓는데 안 죽을 순 없지. 그런데 이게 어느 놈 짓일까?)

처음에 MP가 다시 말했다.

"더 크리미날 마스트 비 디 어퀘인턴스, 아임 슈어. 쏘우, 코리언 네버 스탑 메이킹 트러블즈."(아는 놈 짓이겠지. 하여간 한국인들 말썽은 끊이지 않는단 말이야.)

그들의 짓거리를 보고 있던 어머니는 전신을 부들거리며 떨고 있다가 흰 눈 위에 무릎을 굽히고 두 손으로 거적을 젖혔다. 거적 속에는 피범벅이 된 얼굴, 그러나 백호로 민 커다란 머리통 하나만으로도 한눈에 그것이 아버지임을 확연히 알 수 있는 그런 시체가 배 터진 맹꽁이처럼 참혹하게 하늘을 향해 누워 있었다. 아버지의 개보초복은 진흙과 피로 더럽혀져 있었고, 왼쪽 다리와 오른손은 각각 복부 쪽으로 바짝 당겨진 채였다. 오른손엔 아버지의 뱃속에서 흘러나왔음 직한 빨간 창자 몇 올이 쥐어져 있는 것이 보였다. 나는 그 모습만으로도 충분히 상상할 수가 있었다. 아버지가 뱃속에서 삐어져 나오는 창자를 집어넣으며 철조망에서 망루 쪽을 향해 이를 악물고 기어가는 모습을 말이다. 아버지는 충분히 그러고도 남을 만한 사람이었다.

시체를 확인하고 일어선 어머니는 내 머리를 와락 끌어다 치마폭에 감싸안았다. 나는 숨이 막혀 어머니의 치마를 움켜쥐고 머리를 오른쪽으로 조금 돌려보았다. 거기 어머니의 치마폭 사이로 길게 뻗어 있는 비행기의 활주로와 고공관측소의 망루가 보였다. 그리고 그 위로 엷은 안개가 펴져 있어서, 하늘은 흡사 고모의 잠옷을 걸친 듯이 보였고, 그 하늘엔 밤을 꼬박 밝힌 몇 움큼의 별들이 기진맥진해 쓰러져 있는 모습도 보였다.

낮에는 자고 밤에는 송아지만 한 개와 함께 미군부대 철조망을 지키던 아버지를 남들은 '개보초 돼지형'이라고 불렀다. 그러나 '개보초'라고 하는 말은 아버지와 같은 일을 하는 사람들 모두에게 붙여지는 이름이지 결코 아버지 한 사람만을 가리켜서 부르는 이름은 아니었다. 그러니까 자연히 아버지의 이름은 '돼지형'이 되는 셈이다.

실은 남들 누구나 다 갖고 있는 것처럼 아버지에게도 한대근韓大根이라는 그럴 듯한 이름이 따로 있긴 하지만 마을의 누구도 그런 고급스런 이름으로 아버지를 부르지는 않았다.

그 고급스런 이름은 기껏해야 고지서나 통신표 따위 같은 데서나 누워 있을 뿐이지 사람들의 입을 통해서 호명되는 경우는 극히 드물었다. 그것은 아버지의 낮은 신분과도 관계가 있긴 하지만, 무엇보다도 중요한 것은 아버지 자신이 본래의 이름보다는 돼지형이라는 이름(따지고 보면 그건 이름도 뭣도 아닌 그저 흔해빠진 별명에 지나지 않았지만)을 더 흡족해 했고 편하게 생각해왔다는 사실이다. 깡통을 들고 밥을 얻으러 다니는 거지 소년에서부터 넝마주이, 양색시, 잡상, 펨푸, 건달, 포주, 양키물건 장사꾼, 뚜럭잡이, 장물아비 등 기지촌의 모든 부랑자들은 어른이고 아이이고 남자고 여자고 간에 아버지를 부를 땐 무조건 돼지형이라고만 불렀다.

돼지형. 그렇다, 그것이 바로 내 아버지의 이름인 것이다.

나는 새벽하늘에서 희미한 눈빛으로 깜박거리고 있던 별빛 하나가 활주로 끝으로 수직을 그리며 떨어져 내리는 것을 보았다. 별이 실에 맨 듯 하늘 가득히 출렁이는 밤에는 심심치 않게 툭, 하고 실이 끊어지듯 별똥이 떨어지는 모습을 볼 수 있지만, 오늘처럼 별들이 거의 다 잠든 새벽녘에 별똥이 떨어지는 모습을 보기란 여간 드문 일이 아니라는 것을 나는 알고 있었다. 별똥이 떨어지는 것을 처음 본 사람이 그것을 자기 나이 수만큼 입속으로 헤아리면 소원 하나쯤은 쉽게 이루어진다는 말 같은 건 물론 믿지 않는다. 나는 아버지의 주검 앞에서도 껌을 질겅거리며 씨부렁대는 MP들을 때려눕히기에는 아직 어린 소년에 불과하지만, 아버지의 주검을 눈앞에 두고 공포에 질린다거나 울음을 터뜨리기엔 이미 어울리지 않을 만큼 기지촌의 범죄 분위기에 충분히 익숙해져 있는 상태였기 때문이었다.

어느 틈에 홱 몸을 돌린 어머니의 손에 끌려 나는 비틀거리며 언덕 아래를 내려가고 있었다.

"아짐씨, 너무 상심하지 마씨요. 돼지성을 저 꼴로 맹근 놈을 내 꼭 찾아내고 말 텐께."

뒤따라온 털보아저씨가 어머니를 향해 말했다. 그러나 어머니는 내 손목을 쥔 왼손에 힘을 한번 꼬옥 주었을 뿐 그 말엔 대꾸하지 않고 그냥 걸었다.

꼭두새벽 아버지의 부음訃音을 게거품처럼 물고 뛰어왔던, 아버지와 같은 일을 하는 옆집의 털보아저씨는 눈가에 맺힌 물기를 주먹으로 쓰윽 문지르고는 그 자리에 우뚝 서버렸다.

"그럼 살펴가시오. 이쪽 일은 지가 알아서 처리할 틴께."

털보아저씨는 더 이상 따라오지 않았다. 내가 다시 뒤돌아보았을 때, 그는 고개를 꺾은 채 파카 상의에서 꺼낸 담배를 입에 물고 불을 붙이기 위해 오른손으로 라이터를 켜고 왼손으로는 반원을 만들어 바람으로부터 라이터의 불꽃을 가리고 있었다.

오선지를 겹쳐서 확대시켜놓은 것 같은 철조망 사이로 바람이 지날 때마다 휘파람 소리가 났고, 휘파람 소리는 철조망에 얹혀 있던 눈송이들을 하얀 아스피린 분말처럼 허공에 흩뿌리고 있었다.

어지러움 때문인지 눈길이 미끄러워서인지 어머니는 자꾸 비틀거렸고, 나는 손목에 어머니의 체중을 힘겹게 느끼면서 철조망을 돌아 언덕을 걸어 내려갔다.

언덕 아래는 하얀 모자를 쓴 판자집들이 하나의 촌락을 형성하고 있었는데, 그것은 전체적으로 초서의 '前' 자 형으로 되어 있어서 끝부분이 뱀의 꼬리처럼 휘어진 채로 지굴시장 쪽으로 이어져나갔다. 그 언덕을 다 내려서서 어머니는 입을 열었다.

"넌 이제…."

어머니는 내 손목을 잡았던 손을 잠시 풀고 허리를 활처럼 앞으로 휘면서 치맛자락으로 눈가의 물기를 닦아낸 후 다시 말을 이었다.

"학교엘 가도록 해라."

어머니는 줄곧 그 생각에만 골몰해 있었던 것 같다. 어머니는 자꾸 미어져나오는 울음을 참기 위해 입술을 꽉 깨물고 있었지만 밖으로 내보내는 말들은 눈물에 흠뻑 젖어 있었다.

"사람 구실을 하려면 학교를 다녀야지."

어머니는 일자무식인 할아버지나 아버지의 생애가 모두 사람다운 삶이 못 된다고 믿고 있는 것인지도 몰랐다.

1954년도 다 저문 12월의 어느 날, 마을엔 미군 18전투폭격단이 들어서면서 동쪽 어귀 1백80만 평의 대지를 송두리째 비행장 부지로 징발했다. 아닌 밤중에 홍두깨 식으로 졸지에 보상 한 푼 없이 전답과 가옥을 빼앗긴 1천 가구 5천여 주민들은 제대로 항의 한번 못해보고 트랙터에 밀려 지금의 판자촌인 이곳 철조망 밖으로 밀려나오고 만 것이다.

'수탈을 일삼던 지긋지긋한 일제시대 때도 우리의 숯막만은 그대로 폐쇄되지 않았었는데, 정말 숯처럼 시커먼 양키들이 들어오면서 이게 무슨 날벼락이냐!'고 흥분하면서 할아버지는 경찰서와 리里사무소와 면사무소를 열불나게 쫓아다니면서 하소연했지만, 별 뾰족한 수가 없자 그만 식음을 전폐하고 누워서 가슴만 두드리며 끙끙대다가, 미군 비행장에 F86 개량기가 원자폭탄을 싣고 들어왔다는 소문이 나돌던 이듬해 3월 말에 화병으로 세상을 뜨시고 말았다.

판자촌 초입에 ' , '처럼 외따로 떨어져 있는 생철집에서 두더지처럼 살다 가신 할아버지나, 할아버지를 그렇게 만든 미군부대의 철조망을 지키다가 끝내는 칼침을 맞고 쓰러진 아버지의 생애를 어머니는 사람다운 삶이 못 된다고 믿고 있음에 분명했다. 아니, 행방불명이 된 삼촌까지도 어머니는 그렇게 따르르륵… 하고 인민군이 쏘아대던 따발총 소리가 들렸다. 그래서 비 오는 날이면 나는 정말 따발총을 메고 삼촌이 곧 사립을 밀치고 들어서면서

"선구야, 잘 있었니?"

하고 말할 것만 같아서 콩콩 뛰는 가슴을 억제하느라고 무진 애를 쓰곤 했었다.

어머니는 방에 들어가서 이제 막 잠에서 깬 선희를 끌어안고 참았던 울음을 어깨로 토해내기 시작했다.

선희는 한참을 멍해 있다가 어머니의 울부짖음과 뻣뻣하게

굳어진 나의 얼굴에서 이내 사태를 짐작했음인지 어머니보다 더 큰소리로 함께 울어댔다.

비좁은 방안의 물건들이 어머니와 동생의 울음 속에 순식간에 빠져 잠길 것 같았다.

성조기와 태극기가 나란히 그려진 밑에 몸체는 보이지 않고 손만 두 개 나타나 서로 굳게 맞잡고 있는 구호물자 밀가루 포대도 젖고, 통조림 깡통에 씌어진 알파벳도 젖고, 벽에 걸어 놓은 사진틀 속에서 사모관대紗帽冠帶 차림의 아버지와 연지곤지 바른 어머니의 결혼식 사진도 젖고, 모든 것이 흐물흐물 나의 시야에서 젖어가고 있었다.

나는 목구멍에 커다란 불덩이가 걸린 것같이 눈시울이 뜨거워지고 가슴이 답답해져왔다.

하늘이 시퍼런 면도날로 변해갈 때쯤 해서 아버지의 건강했던 체구는 사망진단서 한 장과 몇 장의 달러를 앞세우고 볼품없이 구겨져 거적에 덮인 채 돌아왔다. 뒤로는 수십 명의 삼촌(?)들을 거느린 채.

그들은 저마다 할 일들을 알고 있었다. 자기들끼리 의논해가며 양조장으로 달려가 술을 싣고 오기도 했고, 음식과 그릇을 장만하기 위해 리어카를 끌고 장을 보러 가기도 했고, 양색시들은 삼베를 사다가 상복을 만들기도 했다.

털보아저씨는 자신이 직접 안방과 건너방 사이에 붙어 있는 마루의 한 구석에 아버지의 빈소를 만들어놓았다.

시간이 지날수록 문상객은 불어났다. 면에서 아버지를 '돼지 형'이라고 부르던 부랑자들은 부고장 하나 돌리지 않았는데도 용케 알고 꾸역꾸역 몰려들어왔다.

내가 쪽배라는 녀석을 처음 만난 것은 바로 그때였다.

녀석은 다른 삼촌들과는 다르게 짐짓 엄숙한 표정을 짓고 있었다. 조심스럽게 구두를 벗어놓고 마루로 올라선 녀석은 아버지의 빈소로 다가가서 정중하게 절을 한 후에 다시 나하고도 맞절을 했다. 그리고는 옆에 서 있는, 눈이 퉁퉁 부어서 딴 얼굴이 되어 버린 어머니를 향해

"형수님, 뭐라 위로의 말씀을…"

어쩌구 하는 것이었다.

턱없이 크기만 한 상복을 입고 맏상제로서 얼떨결에 녀석의 문상을 받긴 했지만, 내 나이 또래밖에 안 되어 보이는 녀석이 감히 아버지를 형이라고 불러왔다는 사실이 새삼스럽게 여간 못마땅한 것이 아니었다.

녀석은 대부분 낯익은 다른 삼촌들에 비해 생판 낯선 얼굴이었다. 곱상한 얼굴에 상고머리를 했고, 몸에는 고급스러워 보이는 미제 털잠바를 걸치고 아래는 쌍마표 마크가 바지 뒷주머니 위에 붙어 있는 청바지를 몸에 착 달라붙게 줄여서 입고 있었다.

털보아저씨는 녀석을 잘 알고 있는 듯했다. 손님들(이라고 해

야 모두 멀고 가까운 삼촌들뿐이지만)을 접대하느라고 안방과 건넌방과 그리고 마당에 임시로 쳐놓은 천막 사이를 바쁘게 왔다갔다하던 털보아저씨가 부엌에 대고 양색시 쥬리에게 국수를 몇 그릇 더 말아내오라고 소리치고 돌아서다가 마루를 내려서는 녀석을 발견하고는 흠칫 놀라는 것을 나는 목격했다. 그러나 그것은 순간적인 것이었다. 털보아저씨는 곧 얼굴의 긴장을 풀었다.

"응 쪽배 왔구나. 방이 찼응께 일루 내려와서 국수나 한 그릇 하그라, 잉."

그러나 녀석은 손목을 걷어 시계를 들여다보며 또박또박한 어조로 대답했다.

"아닙니다. 시간이 없어 그만 가봐야 됩니다."

아니꼬울 정도를 넘어서 녀석의 태도는 우스꽝스럽기까지 했다.

'건방진 녀석.'

"니 싸진이 겁나냐? 임마! 그래도 왔씨믄 국수 한 그릇은 묵고 가야제."

털보아저씨의 말에 녀석은 얼굴을 내게 돌려 무슨 말인가를 하려는 듯하다가 그냥 무표정한 얼굴로 돌아가 마루에 주저앉아 구두를 꿰어신고 있었다.

털보아저씨가 녀석을 향해 문득 생각난 듯 말을 던졌다.

"참 니 싸진이 이번에 본국으로 들어간대믄서? 양아들 삼았응께 니도 데리가겠다. 그제? 잉."

"… 네."

"살갗이는 어뎁 갔는가?"

살갗이라는 말에 쪽배는 몹시 당황하는 것 같았다.

"따라오그라."

녀석은 구두를 다 신고 몸을 돌려 어머니에게 다시 한번 목례를 보내고 나서 털보아저씨의 뒤를 따라 천막 안으로 들어갔다.

천막 안은 레이션박스를 뜯어서 바닥에 깔고 몇몇 삼촌들이 한두 시간 뚝닥거려서 만든 긴 식탁을 두 줄로 붙여놓은 간이식당이었다.

녀석이 천막 안으로 사라지자 나는 맥이 탁 풀렸다. 아버지는 내게 참으로 많은 사람들을 일괄해서 삼촌으로 부르도록 만들어주고 갔기 때문이었다.

쥬리가 소반에 국수 세 그릇을 담아갖고 어머니의 곁을 스쳐 안방으로 들어갔다가 나오더니 어머니의 손목을 끌었다.

"언니, 이왕에 간 사람은 간 사람예요. 이런다고 죽은 돼지형이 다시 살아나는 것도 아니잖우. 자, 어서 들어가 요기라도 좀 해요. 안방에 국수를 말아다 놨으니 산 사람이라도 좀 기운을 냅시다. 괜히 이러다간 식구대로 줄초상 치르겠수."

쥬리고모는 어머니를 부축하고 안방으로 들어가면서 내게 말했다.

"선구야, 너도 선희 데리고 어서 들어와라."

쥬리고모의 말대로 나는 마루를 내려서서 이리저리 선희를 찾아보았다.

비좁은 마당에 가득 들어차 웅성거리는, 늦게 온 삼촌들은 자기네끼리 무슨 말인가를 쑤군댔다. 내가 들은 말들은 '살갖이가 토꼈어', '토껴봤자지. 외국으로 날지 않는 바에야' 등이었는데, 살갖이란 아버지와 기지촌에서 쌍벽을 이루고 있는 사람이었다. 삼촌들은 내 손을 애처로운 듯 잡기도 했고, 어깨를 가볍게 두드려주기도 하면서 '아버지의 원수는 우리가 갚아주겠다'는 알 듯 모를 듯한 말들을 했다.

나는 사립 밖에서 선희를 찾아냈다. 선희는 추녀 밑, 창호지 한 장을 깔아놓은 넓이로 내려앉은 햇살 속에서 한 손을 왼쪽 아랫배에 대고 잔뜩 웅크리고 앉아 있었다. 밑으로 내려진 한 손으로 선희는 눈이 녹아 조금씩 질척거리는 처마 밑 땅바닥에 총알껍질로 무슨 글씨인가를 열심히 쓰고 있었다.

검정 고무신의 코가 상복자락 사이로 비죽 삐져나와 있었다. 그 검정 고무신의 코를 보는 순간 나는 까닭 없이 화가 치솟았다.

"야, 어서 들어가 밥 먹어!"

그 소리에 흠칠 놀라서 고개를 쳐든 선희의 새하얀 얼굴엔 순간 원망기가 잔뜩 서려 있었다. 선희는 손에 쥐고 있었던 총알껍질을 땅바닥에 아무렇게나 팽개치고 발딱 몸을 일으켜 검정 고무신을 신은 발로 진흙 위에 쓴 자신만이 아는 글씨를 신경질

적으로 지워버렸다. 그리고

"흥!"

하는 콧방귀를 떨어뜨린 채 집안으로 들어갔다.

나는 그 자리에 멍청히 서 있었다. 불쌍한 계집애. 나는 알고 있었다. 비록 글씨를 본 것은 아니지만 동생이 쓴 낙서의 내용이 무엇이었는지를 나는 충분히 짐작할 수가 있었던 것이다. 선희는 누구보다도 아버지를 따랐으니까…. 그런 아버지의 죽음에 눈물은커녕 눈썹 하나 까딱하지 않는 오빠가 한없이 미우리라는 것을 어떻게 내가 모를 수 있겠는가. '아버지 아버지….' 수없이 많은 아버지를 썼거나, '오빠 미워' '오빠 미워…'. 그렇다. 선희는 아마 그런 글씨를 쓰고 있었을 것이다.

그때 누군가가 등 뒤에서 어깨를 쳤다. 쪽배였다. 녀석은 처음보다도 더 진지한 얼굴을 하고 서 있었다.

'뭐냐, 이 새끼야.'

나는 눈으로만 그렇게 물었다.

"너한테…."

녀석은 주위를 한 바퀴 휘둘러보고 나서 말을 이었다.

"꼭 말해줘야 할 게 있는데 지금은 안 돼. 내일 모레 장례식이 끝나고 나하고 만나자. 그때 얘기해줄게."

나는 녀석의 얼굴을 똑바로 쳐다보았다.

"왜? 지금은 안 돼…."

'요?' 할 수도 없고 그렇다고 '니?' 할 수도 없어서 나는 그냥 입

속으로만 우물쭈물 말끝을 흐려버렸다. 그것을 재빠르게 눈치 챈 듯 녀석은

"괜찮아. 난 너와 나이가 비슷할 거야. 그러니까 서로 편하게 말하도록 하자"

녀석은 아주 당당하게 말했다. 정말 건방진 녀석이었다.

나는 용기를 내어 물어보았다.

"왜 지금은 안 된단 말이니?"

"난 하우스보이야. 지금 곧 가서 막사의 청소를 해놔야 되기 때문에 시간이 없어."

녀석은 다시 손목을 덮은 스웨터를 조금 밀어올리며 슬쩍 시계를 들여다보았다.

나는 궁금했다.

"무슨 얘긴데 그러니? 별로 중요한 얘긴 아닌 모양이구나."

나는 녀석이 내 말에 끌려들어오기를 바라면서 모든 걸 짐짓 대수롭지 않게 생각한다는 투로 말했다.

그러자

"넌 참 쪼다구나. 그렇게 내 말귀를 못 알아듣니? 지금은 말할 수가 없다고 했잖아. 내일 모레 저녁 7시에 땡땡이집으로 나와."

"땡땡이집?"

"몰라? 경부선 철길 옆에 학삐리들이 많이 오는 빵집 말야. 알겠니? 그곳으로 나와. 아무에게도 말하지 말고 너 혼자 나와야 돼."

나는 녀석의 눈만 쳐다보고 있었다. 녀석은 내 눈을 피한 채 말했다.

"자, 그럼 난 간다. 약속 잊지 마."

말을 마치자 녀석은 빠른걸음으로 골목길을 빠져나갔다.

상여가 지굴시장을 벗어나 교통대를 비스듬히 꺾어 돌아 경부 국도로 진입하자 길가 좌우에는 장례 행렬을 구경하기 위해 나온 주민들이 늘어서 있었다.

면내 사람들이 모두 나온 것 같았다. 그 가운데를 걸어가는 장례 행렬이 국도의 반 이상을 차지하고 있어서 차들은 경적을 울리며 그 사이를 가까스로 빠져나가곤 했다.

기지基地가 들어선 이후, 이처럼 긴 장례 행렬은 처음 본다고 사람들은 쑤군거렸다.

할아버지와 아버지 그리고 어머니와 고모와 내가 함께 살던 숯막이 있던 그 동산에서, 10여 년이 지나야 땅값을 받을 수 있다는 한글과 영문이 타이핑 되어진 수상쩍은 종이조각 하나를 받아들고 쫓겨나던 날, 나는 마을로 들어서는 미군의 트럭을 본 적이 있다. 그것은 한두 대가 아니라 수십 대, 아니 그보다 훨씬 더 많은 숫자였을지도 모른다. 그때 내가 헤아릴 수 있었던 숫자의 한계는 서른이었으니까.

나는 이상하게도 서른까지는 곧잘 헤아렸지만, 서른만 넘게 되면 곧 숫자가 뒤죽박죽되곤 했다. 그럴 때마다 어머니는 무척 야단을 쳤다. 그도 그럴 것이 다른 동갑내기들은 서른이 아니라 삼백, 아니 그 이상이라도 얼마든지 헤아리고 있었는데 나만 그 꼴이니 그도 무리는 아니었으리라. 그러나 할아버지는 내가 셈에 실수할 때마다 야단을 치는 어머니를 오히려 타이르시곤 했다.

"애야. 괜찮다. 사내자식은 너무 셈에 약삭빠른 것보다는 셈에 우둔한 편이 나으니라."

물론 이런 말은 손자를 남들 모두가 다니는 학교에 보내 신식교육을 받게 하지 않고 굳이 당신의 고집으로 서당에 보내 외톨이로 천자문이나 읽히게 한 잘못을 더불어 변명하는 말이기도 했다.

어쨌거나 나는 그때 트럭을 보며 서른을 세었고 또 얼마를 더 세었는지 모른다. 다만 트럭의 행렬이 끝이 보이지 않을 정도로 길었다는 것밖에는 숫자에 대한 기억은 없다. 그러나 트럭의 생김새는 알 수 있었다. 트럭은 짐받이 쪽이 보통 트럭과는 달리 길게 이어진 것이었고, 그 위에 검정 비닐 같은 것을 덮어씌워서 안에 무엇이 실려 있는지를 볼 수 없게 했다. 그러나 검정 비닐을 뚫고 하늘 높이 고개를 쳐든 거대한 포신砲身이나, 더러 검정 비닐을 씌우진 않은 채 그대로 몸체를 내놓은 지프, 그리고 은빛 날개가 달린 비행기도 보았다.

그때의 그 차량들은 마을의 중심부를 관류하는 경부 국도에서 교통대를 끼고 오른쪽으로 꺾어져 트랙터가 까뭉개버린 우리의 숯막이 있던 동쪽 산비탈로 기어들었다.

그러니까 지금 아버지의 상여는 트럭이 들어왔던 그 길을 그대로 되돌아나오는 셈이었다.

그때도 마을 주민들은 국도의 좌우 양쪽 가에 늘어서서 차량의 그 긴 행렬을 원망과 두려움과 호기심의 눈으로 지켜보고 있었다.

상여가 그들의 호기심의 눈길을 벗어나 하북다리께에 이르자 왼쪽으로는 넓은 들판이, 오른쪽으로는 채 녹지 않은 눈송이가 버짐처럼 군데군데 박혀 있는 야산이 입 앙다물고 누워 있었다.

장지葬地가 멀다고 투덜대는 사람은 없었지만, 상여를 멘 삼촌들은 산길로 접어들면서부터 자주 쉬었다. 워낙에 비탈이 심한데다가 이제 막 녹기 시작한 눈 때문에 길이 여간 미끄럽고 험하지 않았기 때문이었다.

털보아저씨가 하관下官 시간까지 댈 수 있게 빨리 가자고 독촉했지만 일곱 번째 주저앉은 상여는 도무지 일어설 줄을 몰랐다.

경부 국도를 따라 오른쪽으로 2킬로미터까지는 상여 뒤를 따르던 사람들이 천천히 가라고 외쳐댈 정도로 빠르게 걸어온 상여가 하북에서 우측으로 뚫린 산길을 접어들면서부터는 굼벵이처럼 기어갔다.

교대해서 들어간 뚝심 좋은 삼촌들도 어쩔 수 없었던지 마지막 고개 하나를 남겨두고 상여를 다시 내려놓고 말았다.

나는 주위에서 시키는 대로 또 그들에게 다가가 여비를 내놓았다.

이마에 흐르는 비지땀을 목에 두른 수건으로 씻어내며 삼촌 하나가 투덜거렸다.

"이봐, 조카님! 여비가 부족해서 못 가는 게 아녀. 개자식들이 상여를 배나 무겁게 맹글어놔서 그런 거여."

곁에 있던 낯익은 삼촌 하나도 끼어들었다.

"이런 까까비알을 올라가려면 상여를 새로 매야 돼."

그 옆에 서 있던 짱구삼촌이 상여로 다가서며 말했다.

"고개 하나 남았는데 뭘 새로 매고 자시고 할 게 있어. 기왕 예까지 왔으니 좀 더 힘내자구. 자, 그만 쉬고 일루들 와서 상여 메여."

그러나 그들은 선뜻 나서지 않았다.

좀 더 쉴 모양이었다.

5, 6미터 아래에서 쥬리고모의 부축을 받은 채 서서 그 모습을 지켜보던 어머니가 자주 벗겨지는 짚신을 아주 벗어 팽개치고는 하얀 버선발로 미끄러운 진흙 위를 걸어 올라왔다.

"삼촌들 왜 안 가고 있어? 무거워서 그래? 아까 누가 상여를 다시 매라고 했지? 좋아, 다시 맬 필요 없어 그냥 뜯어. 그리고 어서 시체를 꺼내. 내가 업고 갈 테니까. 어서 빨리 뜯으라고."

어머니의 음성은 단호했다.

어머니의 어느 구석에 저런 매서운 면이 있었나 싶도록 어머니는 날카롭게 삼촌들 하나하나 얼굴을 쏘아보았다. 그것은 곧 효과를 발휘했다. 털보아저씨가 몇 번이고 거듭 재촉해도 모른 척하고 있던 삼촌들도 어머니의 기세에 눌려 저희들끼리 슬금슬금 눈치를 보더니 하나씩 둘씩 상여로 붙어섰다.

상여를 메고 일어서며 누군가가 투덜거렸다.

"돼지형은 좋겠수다. 형님은 죽어서도 어린애처럼 형수님 등에 업혀가고… 니미랄."

어머니 곁에 붙어 서 있던 털보아저씨가 그 말을 듣고 냅다 고함을 질렀다.

"누구야? 지금 말한 놈이…."

상여 앞쪽에서 무슨 말이 또 들렸으나 그 말은 다시 이어진 요령 소리에 곧 지워져버리고 말았다.

"이 고개만 넘어가면."

"어허~어헝~."

"이제 그만 이별일세."

"어허~어헝~"

"돼지형님이 떠나시면."

"어허~어헝~"

"우린 누굴 의지하나."

"어허~어헝~"

"가소 가소 잘만 가소."

"어허~어헝~"

"원통하게 죽은 성님."

"어허~어헝~"

"원수만은 갚아야지."

"어허~어헝~"

"맡겨두고 그냥 가서."

"어허~어헝~"

"걱정 말고 그냥 가소."

"어허~어헝~"

"북망산천 멀다는데."

"어허~어헝~"

구슬픈 '어허~' 소리를 타고 상여는 마지막 고개를 힘겹게 넘어 장지에 이르렀다.

미리 장지에 와서 기다리고 있던 삼촌들이 두 개의 봉분 아래 아버지의 묘를 파놓고 있었다.

아버지의 묘는 할아버지 할머니 무덤과 정삼각형을 이루고 있는 꼴이었다.

정삼각형. 그렇다, 미군 트랙터에 밀려나기 전에 처음 할머니의 무덤은 숯막이 조금 내려다보이는 앞산 양지바른 언덕에 있었다. 할머니는 언덕에 누워 할아버지가 숯 굽는 매콤한 연기를 맡으며 죽어서도 살아계셨다. 그런 할머니의 무덤이 비행장이 들어서면서 파헤쳐져 이곳으로 이장移葬된 것이다.

할머니의 묘를 이장한 지 몇 개월 만에 할아버지는 화병으로 쓰러져 할머니 옆으로 와서 나란히 누우신 것이다.

나는 자꾸 처음의 숯막과 집과 동산의 할머니 무덤이, 한꺼번에 이쪽으로 옮겨져 꼭 그 정삼각형 꼴로 묻혀버리고 만 것 같은 생각이 들었다. 미군이 들어오면서 바뀐 것은 무덤이나 집이나 숯막의 구조만은 아니었다. 원주민들의 의식도 차츰 바뀌어가고 있었다. 이제 누구도 미군을 피하거나 무서워하지 않는 것만 보아도 그렇다. 아니, 피하기는커녕 그들에게 알랑거리느라고 면내는 이상한 알파벳의 소리로 가득차 있지 않는가 말이다.

어머니와 선희의 목쉰 흐느낌을 빨아들이며 아버지를 담은 관은 땅 속으로 내려갔고, 그 위에 삽질이 시작되었다. 그리고 이어서 '어허 달궁' 소리와 함께 무덤은 아버지가 다시 살아난다 하더라도 도저히 헤집고 나올 수 없을 만큼 굳어져갔다.

뗏장을 입히면서 짱구삼촌이 말했다.

"뗏장이 좋아서 돼지형 춥지 않을 겁니다."

7시.

알파벳으로 단장된 거리. 그리고 내 가슴처럼 어두운 하늘.

이제 양키들의 밤이 시작되는 것이다. 내 가슴의 어둠과는 아랑곳없이 그들의 즐겁고 편안하고 흥청거리는 밤을 위해 마을은 모든 준비를 끝냈다는 신호로 가게마다 색색의 외등을 켰고, 홀에선 양곡洋曲을 연주했으며 양색시들은 화장을 끝내고 출근을 서둘렀다.

거리는 차츰 외출 나온 양키들의 알파벳 소리로 흐물거렸다.

땡땡이집은 미군부대 정문 앞에서 경부 국도로 연결되는 교통대 방향으로 나가면서 중간쯤에 만나는 경부철도의 건널목 어두운 골목 안에 있었는데, 기차가 지날 때마다 땡, 땡, 땡 하고 울리는 종소리 때문에 아이들이 그렇게 부르고 있는 모양이었다.

내가 땡땡이집의 문을 밀고 들어섰을 때 벽시계는 7시를 가리키고 있었으나 쪽배는 보이지 않았다.

사복을 했지만 '학삐리'들이 분명할 듯싶은 서너 명의 남녀가 테이블에 앉은 채 전축에서 흘러나오는 음악에 맞추어 몸을 흔들고 있었다.

나는 구석 테이블에서 출입구 쪽을 향해서 앉아 있었다.

길가에 있는 다른 가게들에 비해 상당히 어둡고 비좁은 느낌을 주는 빵집이었다.

쪽배가 들어온 것은 약속시간에서 10분이 지나서였다.

녀석은 허둥대고 있었다.

"오래 기다렸니? 미안하다."

전혀 미안해하는 기색도 없이 녀석은 미안하다는 말을 쉽게 내뱉고는 손목을 걷어올리며 시계를 들여다보았다. 그러고는 "30분 남았다"라고 아주 결연한 어조로 말했으나 나는 녀석이 말하는 그 30분이 무엇을 의미하는지를 얼른 깨닫지 못했다. 내가 멍청한 표정을 짓고 묵묵히 앉아 있자 녀석이 다시 입을 열었다.

"나, 떠난다."

떠나다니? 까닭모를 분노가 내 안에서 서서히 고개를 쳐들고 있음을 느꼈다.

나는 마른 입술에 침을 축이고 물었다.

"떠나다니, 어디로?"

"미국!"

녀석은 자신의 초조함을 감추려는 듯 아주 자신있는 어조로 그렇게 두 음절을 정확하게 발음했다. 미국, 그 큰 나라로 이제 녀석은 떠나려 한다. 아버지의 죽음에 대해 무엇인가를 알고 있는 듯하던 녀석이 이제 떠나려 한다. 녀석이 도망가려 한다.

"그럼…."

나는 조급해졌다. 어서 녀석의 입으로부터 나를 만나자고 한 용건을 듣고 싶었다. 가능하다면 녀석의 얘기가 아버지의 죽음에 관한 얘기였으면 하고 바라기도 했다.

"어서 얘길 해줘."

내가 그렇게 재촉하자 녀석은 시계를 세 번째 들여다보며 마른침을 꼴깍 삼켰다 초조한 기색이 역력했다.

목까지 올라온 빨강 털스웨터에 검정 스커트를 입은 소녀가 주문한 빵과 우유를 갖다놓았지만, 우리는 눈싸하듯 서로의 눈만을 쳐다볼 뿐 빵과 우유는 거들떠보지도 않았다.

내가 뭐라고 말하기 전에 녀석이 먼저 입을 열었다.

"떠나기 전에 너에게만은 꼭 얘길 해주고 싶었다."

나는 바짝 긴장하며 녀석의 다음 얘기를 기다렸다.

"너, 아무에게도 이런 얘길 하면 안 돼. 아니, 네가 이런 얘길 누구에게 한다 하더라도 그땐 이미 늦어버렸을 때지만 말야."

"그런 걱정은 하지 마라."

나는 녀석을 안심시켰다.

"너의 아버지 돼지형의 죽음에 대해 모두들 살갗이형을 의심하는 것 같은데…."

그렇구나. 역시 녀석은 아버지의 죽음에 대해 알고 있었구나. 어서 말해봐라. 우리 아버지는 누가, 왜 죽였는가를 어서 말해봐라. 어서, 나는 속으로 부르짖었다.

녀석이 말을 이었다.

"사실은 그렇지가 않아. 살갗이형은 돼지형을 죽이지 않았어. 내가 봤어. 그 시간에 살갗이형이 현장에 있었던 것은 사실이야. 그러나 살갗이형이 찌른 건 아냐."

"그럼 그게 누구냐?"

나는 다그쳤다. 녀석은 대답 대신 좌우를 두리번거렸다. 녀석은 무엇인가를 자꾸 두려워하고 있는 것 같았다. 나는 재촉했다.

"아버지를 찌른 건 누구냐니까! 미국으로 간다면서 못할 얘기가 뭐 있겠니? 어서 말해봐, 쪽배."

나의 음성이 높아졌다. 그러나 녀석은 한 음을 내려서 차분하게 대답했다.

"그건 지금 그리 중요하지가 않아."

"뭐라구?"

나는 벌떡 자리에서 일어섰다.

"앉아."

그가 말했다.

"중요한 것은 돼지형이 죽었다는 사실과 돼지형을 죽인 것이 살갖이형이 아니라는 것뿐이야."

"누가 죽였느냐니까?"

나는 다시 주저앉으며 물었다.

"그건 말할 수 없어. MP들이 지금 수사를 하고 있으니까 곧 밝혀지겠지."

"할 얘기란 게 고작 그 얘기였니?"

"아냐. 살갖이형의 시체도 곧 찾아낼 테고…."

"그럼 살갖이도 죽었단 말이냐?"

쪽배는 웃니로 아랫입술을 한번 힘주어 물었다놓고는 천정을 쳐다보았다. 그리곤 뚱딴지같은 말을 했다.

"나는 미국에 가서 꼭 훌륭한 사람이 되고 말겠다. 꼭 성공해서 돌아오겠다. 그때 네게 모든 걸 얘기해주겠다. 물론 그때까지 내 양아버지는 내 뒷바라지를 해준다고 나와 약속했어. 나를 미국에서 공부시키기 위해선 많은 돈이 필요하기 때문에 부대 물건을 털게 된 거야. 난 양아버지를 도왔어. 그것뿐이야."

'개새끼!'

녀석은 말을 하다가 갑자기 이마를 짚었다. 내 눈이 불을 담고 녀석의 이마를 쏘고 있었으므로 녀석의 이마가 화상을 입은 것처럼 잠시 뜨거웠었는지도 모를 일이었다. 녀석이 이마를 짚었던 손을 내리며 일어섰다. 그리고 내가 사태를 분명히 이해하기도 전에 녀석은 부대에서 뜨는 비행기 시간이 늦었다면서 급히 뛰어나갔다.

아버지는 할아버지의 죽음에 대한 대가로 얻은 미군부대의 개보초라는 직책을 아주 충실히 수행해낸 사람이었다.

낮 동안은 모르지만 아버지가 지키고 있는 밤에는 어느 누구도 부대 물품을 밖으로 빼낼 수가 없었다는 것을 사람들은 알고 있었다.

벽시계의 숫자판을 보았다. 그것은 할아버지 얼굴이 되었다가 아버지의 얼굴이 되기도 했다. 초침과 분침과 시침이 부러진 채 째깍거리며 시계는 가고 있었다. 그 사이로 빨강 스웨터를 입은 소녀가 걸어와 슬픈 얼굴을 하고 나를 쳐다보았다. 나는 무거운 머리를 흔들며 밖으로 나왔다.

거리엔 성난 바람이 불고 있었다.

나는 언덕을 올라가 비행장 철조망까지 갔다.

비행기 한 대가 막 활주로에서 이륙하는 모습이 보였다. 어쩌면 저 비행기 안에는 쪽배와 그의 양아버지가 함께 타고 있을지도 모른다고 생각이 들었다. 까닭모를 눈물이 흘렀다.

아버지의 시체가 누워 있던 철조망 가에 서서 검은 하늘을 쳐다보았다.

하늘엔 별이 한 개도 보이지 않았다. 비가 올 모양이었다. 아니, 눈이 올는지도 모른다. 아니, 어쩌면 삼촌이 올는지도 모를 일이었다.

그때였다. 하늘을 날던 비행기가 요란한 폭음을 내며 어두운 하늘에서 폭죽을 쏘아올린 것처럼 찬란한 불꽃으로 부서져 내리고 있었다.

비행기의 폭음에 놀란 사람들이 그쪽으로 달려들 갔다.

나는 그 자리에 못 박힌 듯 서 있었다.

추위 속에 세워둔 온몸이 얼어오면서 나의 어린 가슴 속에는 어머니의 음성처럼 처참하게 쉰바람 소리가 들려왔다.

철조망은 처음의 끊겨졌던 부분을 쉽게 찾아낼 수 없을 정도로 깨끗이 이어져 있었으며, 그 오선지 같은 철조망 사이를 부는 바람은 온몸이 찢긴 채 삼촌들의 구슬픈 '어허~' 소리 같기도 하고 미군의 껌 씹는 듯한 소리 같기도 한 휘파람 소리를 내고 있었다.

외로운 증언證言

—쑥고개 ②

1

다시는 만날 수 없으리라고 믿었던 쪽배 녀석을 내가 다시 만난 것은 땡땡이집에서 헤어진 지 6일 만이었다. 나는 그 6일 동안 내내 쪽배만 생각하고 있었는데 —아니 그를 생각한 것이 아니라 그가 한 말들을 생각했다는 것이 더 정확한 표현일 테지만— 그것은 녀석이 떠나기 전에 한 말들이 하나도 구체적으로 짚여 오지가 않았기 때문이었다.

살갖이는 찌르지 않았다고 녀석은 말했었다. 그렇다면 녀석의 양아버지인 스미스가 아버지를 찔렀단 말인가. 그렇다면 왜 그러한 사실을 녀석은 겁도 없이 내게 얘기해 준 것일까.

왜 그랬을까. 나는 그것을 이해할 수가 없었다. 자신과 스미스가 미국으로 떠나버리고 나면 살갖이만 남을 것이고, 그 남은 살갖이가 모든 죄를 뒤집어쓰고 말 것을 염려해서 그랬던 것일까. 녀석과 살갖이는 어떤 관계가 있는 것일까. 아버지의 장례

식에도 참석하지 않은 살갗이를 찾아 눈에 불을 켜고 돌아다니는 그 많은 삼촌들의 눈에 그림자도 비치지 않는 살갗이는 도대체 어디로 도망친 것일까. 영영 이 바닥을 뜬 것일까. 아니면 녀석의 말대로 곧 시체를 찾게 될 것인가.

의문은 끝없이 이어지지만 어느 것 하나도 확실하지는 않았다. 다만 한 가지 확실한 것은 쪽배 녀석이 어떤 형태로건 아버지의 죽음에 깊이 관련되어 있으리라는 확신뿐이었다. 녀석의 말대로라면 녀석은 사건 현장에서 누가 아버지를 죽였는지 분명히 목격했을 것이다.

많은 의문을 남긴 아버지의 죽음에 대해 유일한 열쇠를 쥐고 있던 녀석이 양아버지와 함께 비행기를 타고 미국으로 떠나버렸다고 하는 사실에 대해 나는 한없이 절망하고 있었다. 왜 땡땡이집에서 녀석을 붙잡지 못했던가를 후회하고 있었다.

그런데 녀석이 그러한 내 후회 속으로 구원의 손길처럼 기어들어온 것이다.

어머니는 새참 무렵 집으로 찾아온 외기 노조 간부라는 자를 상대도 하지 않은 채 그냥 쫓아보냈다. 그는 쫓겨간 지 채 30분도 안 돼 이번엔 파출소장을 동반하고 다시 찾아왔다.

할 수 없이 그들을 안방으로 맞아들인 어머니는 별로 기분이 좋은 것 같진 않았다.

두 사람은 심각한 얼굴로 어머니에게 사태가 어떻게 돌아가고 있으며, 그 결과는 어떻게 되리라는 것까지 자세히 얘기하면서 그렇게 되면 모두가 곤란해지니 그렇게 되기 전에 사태를 해결하고자 말하며 어머니의 협조를 요청했다.

그러나 그들의 얘기를 듣고도 어머니는 내내 심드렁한 표정을 풀지 않았고 종내는 그들에게 반강제로 끌려가다시피 어머니는 집을 나가셨다.

잠깐이면 된다는 그들의 얘기와는 달리 어머니는 미군부대 철조망 뒤로 해가 꼴깍 넘어갈 때까지 돌아오시지 않았다.

선희와 나는 배가 고파서 부엌에서 꽁꽁 언 누룽지를 꺼내다 깡통에 집어넣고 화롯불에 올려놓았다. 어머님이 이불 속에 밥주발을 묻어놓지 않고 외출하신 날은 가끔 그렇게 해서 끼니를 때운 적이 있었기 때문이었다. 꽁꽁 언 누룽지덩이를 깡통 속에서 막 뒤집어놓았을 때였다.

"오빠, 누가 왔나봐."

선희가 새까맣게 그을음이 낀 콧구멍을 손가락으로 후비며 나를 쳐다보았다. 방문 밖에서 인기척이 들렸다.

등잔불의 심지를 한껏 높여놓았는데도 그을음만 높을 뿐 방안은 별로 환해지지 않았다. 석유가 다 된 것도 아닌데 아무래도 심지를 바꿔야 할 모양이었다.

"선구 있냐?"

내가 방문을 열자 문 밖에 OK 모자를 푹 눌러써서 짱구 대갈통을 가린 짱구삼촌이 거기 서 있었다.

"빨리 나와라. 쪽배가 만나잔다."

"쪽배요?"

나는 잠시 어리둥절해지지 않을 수가 없었다.

"쪽배는 미국으로 떠났을 텐데요…."

"아냐. 미국은 커녕 지금 평애원平愛院에서 죽나게 깨지고 있는 중이다."

"…."

"쪽배가 너를 만나야 불겠다니 네가 좀 가줘야 되겠다."

짱구삼촌은 방으로 들어올 생각을 않고 방문 밖에서 그렇게 말했다. 몹시 급한 모양이었다.

나는 화롯불 위에 얹었던 깡통을 방바닥에 꺼내놓고 손가락으로 누룽지덩이를 한번 꾹 눌러보았다. 꽁꽁 얼었던 누룽지에 손가락이 쑤욱 들어갔다. 입안에 군침이 돌았다. 나는 그 누룽지를 선희가 먹기 쉽도록 선희 앞으로 밀어놓고 일어섰다. 금방 돌아오겠다는 말과 함께.

밖에 나오자 짱구삼촌이 앞장을 섰다. 내가 길을 몰라서가 아니라 그가 그만큼 마음이 급했던 탓일 것이다.

평애원은 멀지 않았다. 땡땡이집에서 북쪽으로 1백 미터 남짓 떨어진 곳이었다.

철길 아래쪽에 평지보다 낮은 지점에 루핑을 얹어 지은 그곳은 왠지 대낮에도 음산하게 느껴지는 장소였다.

평애원이라면 점잖은 대부분의 사람들이 고개를 설레설레

내흔들 만큼 무서운 곳으로 알려지게 된 것도 따지고 보면 다 그럴 만한 이유가 있었다. 아버지를 돼지형이라고 부르는 60여 명의 넝마주이, 엿장사, 구두닦이, 거지 등의 부랑자들이 집단으로 모여 사는 그곳엔 그곳대로의 규율이 있어서 가끔 규율을 어기는 똘만이들을 태질하는 소리와, 태질 당하는 똘만이들의 숨넘어가는 듯한 비명소리가 길가로 튀어나와 그 앞을 지나다니는 행인들의 가슴을 섬뜩하게 만들곤 했기 때문이었다.

그곳은 입구에서부터 넝마와 병들과 쇳조각 또는 깡통 따위들이 무더기 무더기, 산더미처럼 쌓여 있었다. 그 안에선 살인이 나도 밖에서는 전혀 모를 것이다. 왜냐하면 웬만한 비명 소리는 규율을 어겨서 벌 받는 똘만이들이 비명으로 그냥저냥 묵인되고 있었기 때문이고, 시체 따위는 쓰레기더미에 충분히 끼워넣을 수도 있겠기 때문이다.

그래서였을까. 정기적으로 순검을 나오는 경찰들도 문 앞에서 총무인 빽코삼촌을 불러 '뭐, 별일 없지?' 하는 형식적인 질문 한두 마디를 건네고는 황황히 사라지곤 하는 그런 곳이었다.

전에 빽코삼촌을 비롯한 평애원 삼촌들은 가끔 무슨 일이 생기면 우리 집으로 찾아와 아버지에게 모든 걸 의논했었기 때문에 나는 그런저런 사실들을 알고 있었다.

바로 그 음산한 곳에서 나는 예기치 않았던 쪽배와의 세 번째 대면을 하게 된 것이다.

내가 짱구삼촌과 함께 총무 방의 천막을 비집고 들어서자 쪽배 녀석은 보기에도 끔찍할 정도로 피범벅이된 채 조그만 체구를 새우처럼 웅크리고 뻗어 있었다.

녀석의 몸에 가닿았음직한 각목과 쇠스랑 등이 한쪽 귀퉁이에서 나뒹굴고 있었고, 그 물건들을 잡았음직한 험악한 손들의 주인인 낯익은 삼촌 몇몇은 피범벅이된 녀석의 주위에 빙 둘러서 있었다.

똘만이 하나가 물이 가득 담긴 양동이를 들고 들어왔다.

"쌍통에다 쏟아봐."

빽코삼촌의 말이 차갑게 떨어지자 양동이에 담겼던 차가운 물이 쪽배의 얼굴 위로 쏟아졌다.

물벼락을 맞은 쪽배가 새우처럼 웅크렸던 몸뚱어리를 꿈틀거리면서 힘겹게 눈을 떴다.

나는 언젠가처럼 녀석의 눈을 쏘았다.

그러나 녀석의 눈은 바로 나를 찾지 못한 채 잠시 허공에서 머물다가 삼촌을 살피고 그 다음 삼촌들 사이에 서 있는 나를 겨우 발견했다.

쪽배 녀석은 나를 향해 얼굴을 찡그렸다. 아니 그것은 녀석이 내게 조그맣게라도 웃어주려고 고통을 참고 짓는 슬픈 미소였다.

나는 녀석의 눈길을 외면하고 싶었다. 그러나 녀석의 눈길을 외면할 수가 없었다. 녀석의 흐리멍텅한 그 눈길이 나를 보자마자 엷은 미소와 함께 밝게 빛나면서 강인한 인력引力으로 내 눈을 사로잡고 있었기 때문이었다.

빵코삼촌이 다른 사람들을 다 내보내고 자기 방에 쪽배와 나만 남게 한 후 쪽배를 향해 입을 열었다.

"자, 여기 네 소원대로 선구를 불러왔으니 톡 까놓고 불어. 만약 단 한마디라도 쌩 까면 곧장 골로 보낼 테니까 알아서 겨."

빵코 삼촌이 싸늘하게 말하고 석탄 난로의 뚜껑을 열었다.

그리고는 긴 쇠꼬챙이를 난로에 집어넣고, 시뻘겋게 달구고 있었다.

"자, 어서 불어. 살갗이는 어디로 토꼈는지 새꺄!"

그 말에 쪽배는 자신이 처한 상황을 퍼뜩 깨달은 듯 심한 두려움에 몸을 떨기 시작했다.

쇠꼬챙이가 난로 속에서 벌겋게 달구어지는 속도보다도 더 빠르게 녀석의 몸은 빵코삼촌의 공갈에 전율해가고 있었다.

아버지의 장례식 때 와서 어머니에게 감히 형수님이라고 부르던 그 건방짐이 완전히 사라진 음성으로 녀석은 더듬거렸다.

"살갗이는… 나도… 그… 그건… 모릅…니다."

똘만이가 방금 한 양동이의 물을 부어댄 녀석의 얼굴엔 아직도 피가 군데군데 엉겨붙어 있는데다가 터진 입술은 걸레쪽처럼 너덜거리고 있었고 얼굴은 울퉁불퉁 부어올라서 마치 딴 사람처럼 보였다. 어느 한 구석도 계집애처럼 곱상했던 녀석 본래의 얼굴은 남아 있지 않았다.

빵코삼촌의 난로에서 시뻘개진 쇠꼬챙이를 꺼냈다.

그 긴 쇠꼬챙이는 불에 충분히 달구어져 있어서 독사의 혀처럼 사람의 몸 어디에라도 닿기만 하면 곧 그 사람을 쓰러뜨릴 것만 같은 두려움을 주기에 충분했다.

빵코삼촌이 그 쇠꼬챙이를 들어서 자신의 입술에 문 양담배 끝에 갖다대고 담뱃불을 붙였다. 그런 후에 쇠꼬챙이를 다시 석탄 난로 속에 집어넣었다.

쪽배는 일어나 두 무릎을 축축이 젖은 바닥에 얌전히 꿇고 앉아 온몸을 오들거리며 떨고 있었다. 녀석의 이마는 좀 전에 뒤집어쓴 물벼락인지 식은땀인지 모를 물기가 촉촉이 배어 있었다.

"살갗이가 있는 델 모른다…?"

쪽배의 얼굴 위로 훅, 하고 담배연기를 길게 내뿜으며 빵코삼촌이 혼잣말처럼 중얼거렸다.

그러나 그 조그만 중얼거림이 녀석을 너무 심한 공포감으로 팽팽하게 긴장시켰는지 녀석은 또다시 허리를 꺾고 가마떼기 위로 힘없이 얼굴을 처박고 말았다.

빵코삼촌이 내 쪽을 한번 힐끗 쳐다보았다. 쪽배의 느닷없는 기절에 어이없어 하는 눈치였다.

밖으로 나갔던 짱구삼촌을 비롯한 평애원 삼촌들이 하나둘씩 빵코삼촌의 방으로 다시 몰려들었다.

"이 쥐좆만 한 새낄 그냥 여기다 묻어버립시다. 빵코형."

삼촌 하나가 칼날처럼 섬뜩한 음성으로 말했다.

내 눈빛이 공포에 질리는 걸 보았는지 짱구삼촌이 다가와 가늘게 떨리고 있는 내 양쪽 어깨를 두 손으로 부드럽게 감싸주었다.

"선구야, 넌 이제 그만 들어가거라."

짱구삼촌이 그렇게 말하자 빽코삼촌을 비롯한 여러 삼촌들의 시선이 내게로 날아왔다. 그리고 저마다 한마디씩 했다. '응 그래 들어가' 또는 '괜히 왔구나, 그만 가라'는 삼촌들의 말대로 내가 만약 여기서 그냥 나간다면 삼촌들은 쪽배를 정말로 쓰레기더미 속에 묻어버릴는지도 모른다는 생각이 들었다.

나는 쪽배가 두 번째 기절하기 전에 나를 쳐다보던 그 눈빛을 결코 잊을 수가 없었다. 그 눈빛은 내게 꼭 무슨 얘기인가를 해주고 싶어하는 그런 간절한 소망과 안타까움이 담겨 있는 것 같았다. 아니, 그 눈빛이 아무런 할 얘기를 담고 있지 않다손치더라도 나는 쪽배 녀석의 그 눈빛을 여기에 그냥 두고 나갈 수는 없는 노릇이었다. 그래서 그때까지 잠자코 있던 나는 여러 삼촌들을 향해 조심스럽게 물었다.

"쪽배를 제가 데려가면 안 될까요?"

2

아버지의 죽음을 해명하라고 농성을 벌이던 털보아저씨를 비롯한 몇 명의 개보초 삼촌들이 엉뚱하게 PX 절도혐의로 MP

들에게 붙잡혀 가서 지금 취조를 받고 있는 중이라고 쥬리고모는 말했다.

그러나 그 말에도 어머니는 그리 크게 놀라는 것 같지는 않았다.

어머니는 그저 쥐고 있던 인두로 화로 속의 재를 다독거리며 뜨거운 불씨를 재 속에 꾹꾹 묻고 있을 뿐이었다.

어머니가 아무런 반응도 내보이지 않자 쥬리고모는 그만 입을 다물었다. 그리고 혹시 지금 한 말에 어머니가 너무 심한 충격을 받아 잠시 정신을 놓고 있는 게 아닌가 싶었던지 어머니의 무릎을 두어 번 흔들어 보았다.

"언니, 언니이…."

그러자 그때까지 계속 화롯불 속에만 시선을 박고 가만히 앉아 계시던 어머니가 '아얏!' 하는 짧은 비명을 뱉어내며 자신의 무릎 위에 얹힌 쥬라고모의 손을 뿌리쳐냈다.

쥬리고모는 깜짝 놀랐다.

"아니? 언니 무릎이 아파요?"

그러자 어머니는 노골적으로 불쾌한 내색을 했다.

"그래. 아프다. 살갗이 놈을 찾아 조선 팔도를 다 돌아댕겼더니 이젠 무릎까지 아프다."

"아니? 언니이…."

"자네 얘긴 알아들었으니 이젠 그만 가보게나."

쥬리고모는 매우 당황해 했다.

그러나 어머니는 화로에 감춘 불씨처럼 뜨거운 눈길을 거두지 않았다.

"그만 가보라니까."

어머니의 음성이 꽤 높아졌다. 쥬리고모는 이해할 수 없다는 표정으로 일어섰다.

그리고 방을 나가기 전에 이렇게 말했다.

"어쨌거나 죤의 말이니까 알아서 해요. 털보삼촌이 쉽게 석방되긴 힘들 거라는 것도 제 얘긴 아녜요. 걔들 얘기지."

죤이라는 사람은 쥬리고모의 코 큰 네 번째 남편인데 계급은 상사였다. 고모는 어젯밤 늦게 동거하는 죤 상사에게 부대 내의 얘길 들었을 테고, 들은 얘기의 내용이 걱정이 돼서 이처럼 날이 밝기가 무섭게 어머니에게 달려온 것일 것이다. 그런데 함께 걱정해야 할 그 문제에 대해 어머니는 전혀 반응을 보이지 않으니 쥬리고모도 꽤 서운한 눈치였다.

어머니는 쥬리고모가 나간 한참 후까지도 그 자세를 흐트러뜨리지 않고 있었다.

그러나 나는 알고 있었다. 어머니가 저토록 고민하고 계신 것이 무엇 때문이며, 어머니의 달구어진 인두처럼 뜨거운 분노가 향한 곳이 어디인지를 나는 알고 있었다.

"물… 무울…."

어머니는 신음 소리가 나는 아랫목 쪽을 바라보았다.

거기 평애원에서 삼촌들에게 죽지 않을 만큼 얻어터져 온몸이 걸레가 되다시피 부러지고 찢어지고 피멍이 든 채 누워 있는 쪽배가 끙끙 앓고 있었다.

어머니가 내게 말했다.

"선구야, 재 물 좀 멕여주거라."

나는 녀석을 일으켜 앉힌 후 머리맡에 어젯밤 떠다놓았던 냉수 사발을 들어 녀석의 입가에 갖다대주었다.

하얀 사기 그릇이 녀석의 갈라터진 입술에 닿자 놀랍게도 감각이 남아 있을 것 같지도 않은 그 입술이 벌어지며 녀석은 정신없이 물을 벌컥벌컥 들이켰다. 냉수 한 사발을 다 비운 후에 녀석은 부스스 눈을 떴다.

어젯밤 평애원에서 시체처럼 축 늘어진 녀석을 업고 집으로 오는 길에 짱구삼촌은 말했었다.

"살갗이 거처를 알고 있는 놈이 현재로선 이 새끼밖에 없어. 그러니까 이 새끼가 깨어나면 선구 네가 그걸 물어봐. 살갗이가 어디 숨어 있는지 그걸 알아내야 돼. 빵코형도 여러 가지 생각해서 허락한 거니까 네가 잘해야 돼. 그리고 이 새낀 지금 살갗이와 함께 지명수배 중이야. 그런데 살갗이나 이놈이 나타나면 돼지형의 사건이 어떻게 확대될지 모르니까 경찰이나 미군들도 어영부영 넘어가고 있어. 지금 이 새끼가 그쪽에 달리면 안 돼. 그러면 모든 게 흐지부지 처리되고 말아. 만약 그럴 리는 없지만 이 새끼가 못 깨어나고 그냥 뒈지면 얼른 나한테 연락해라. 알겠니? 선구야."

그 애길 들으며 나는 속으로 다짐했다. 쪽배가 끝내 깨어나지 못한다 하더라도 나는 절대 짱구삼촌에겐 연락하지 않으리라고. 그것은 쪽배가 아무리 밉더라도 녀석의 시체까지 악취가 나는 쓰레기더미에 묻히길 나는 정말 원하지 않았기 때문이다.

그러나 다행스럽게도 녀석은 돼지지 않고 다시 깨어났다. 아직 쓰레기더미에 섞여 종적도 없이 사라질 운명은 아닌 것이 분명했다.

어쨌거나 녀석은 10시간이 넘는 긴 혼수상태 속에서 깨어나자 눈을 깜박거리면서 방안을 둘러보았다.

"여기는…."

"그래. 안심해. 여긴 우리 집이야."

얼마 전 네가 내 아버지인 돼지형을 문상 와서 나와 맞절을 했던 바로 그 방이야.

그러나 이 말은 그냥 입속으로 삼켰다. 평애원에서 빽코삼촌의 말 한마디에 기절했다가 이제 겨우 제정신으로 돌아온 녀석을 자칫 다시 뻗게 할지도 모른다는 생각이 들었기 때문이었다.

나는 녀석이 영영 깨어나지 못하면 어쩌나 하는 걱정과 죽은 아버지의 환상 때문에 거의 뜬눈으로 밤을 새웠다.

통증을 참는 녀석의 신음 소리처럼, 밤새 쉬지 않고 내 안에서도 걱정스런 여러 가지 생각들이 욱신거려서 나는 어머니가 돌아오시는 것조차 몰랐을 정도였다.

어머니가 방안에 들어오셔서 치마폭을 가득 담았던 비수같이 예리한 겨울바람을 방안 가득 풀어놓았을 때에야 나는 겨우 어머니가 돌아오셨음을 알았으니까.

희미한 등잔 불빛에 드러난 어머니의 모습은 외기 노조위원장과 파출소장을 따라나갔을 때와는 달리 몹시 초췌해보였다.

어머니는 쪽배 녀석이 누워 있는 아랫목 벽 쪽을 한번 힐끔 쳐다보고 나서 내게 힘없는 목소리로 물었다.

"쟨 누구냐?"

그러나 어머니의 그 물음은 딱히 나의 대답을 필요로 하는 그런 물음은 아니었다.

내가 사실대로 얘기할까 하다가 그냥

"평애원 똘만이에요"

라고만 대답한 것도 바로 그 때문이었다.

전에도 가끔 평애원 똘만이들이 기합이나 패싸움이나 다구리로 심하게 다쳤을 때 고참 삼촌들은 치료비도 치료비지만 경찰에서 오라가라 하는 통에 골치 아픈 병원보다 우리 집이 훨씬 편하다고 똘만이들을 며칠씩 누워 있게 한 적이 있었다. 물론 그들을 치료할 약은 평애원 삼촌들이 사왔지만, 힘든 뒤치다꺼리는 언제나 어머니 몫이었었다. 그래서 내가 평애원 똘만이라고 하자 어머니는 당신도 이미 그렇게 짐작하셨던 듯 더 이상 묻지 않았던 것이다.

어머니는 내가 알아볼 수 있게끔 머리를 한번 끄덕여주신 후 등잔불을 끄고 잠자리에 드셨다.

칠흑 같은 어둠 속에서 방문을 스치는 바람 소리와, 쪽배의 신음 소리를 들으며 나는 어머니의 괴로움을 생각했다.

그때였다. 총성이 울린 것은.

"탕!"

철조망 쪽에서부터 불어오는 바람과 쪽배의 신음과 어머니의 괴로움을 갈가리 찢는 총소리는 잠시 사이를 두었다가 연속적으로 두 발이 더 울렸다.

"탕! 탕!"

나는 일어나 성냥을 찾아 더듬거렸다. 어서 성냥을 찾아 등잔에 불을 붙여서 세 발의 총성에 대한 궁금증을 풀어보겠다는 생각보다는, 등잔 불빛에 어둠이 물러가듯 지금 들은 총소리의 공포심도 등잔 불빛에 물러갈 수 있기를 더 바랐을 것이다.

그러나 내가 성냥을 찾기 전에 어머니가 먼저 말했다.

"일어나지 말고 그냥 자거라."

"총소리가 났는데요. 어머니."

"네가 상관할 일이 아니니다."

"그래도…."

"무서우냐?"

"네. 어머니."

"저건 미군 엠피가 쏜 권총 소리다. 밤에 미군부대 철조망에 접근하면 무조건 발포하겠다고 저들이 써붙인 광고 팻말을 보고도 많은 사람들이 지금 부대 피엑스를 털고 있단다. 목숨을 건 짓들이니까 엠피들의 총에 맞았다 하더라도 누굴 원망할 수도 없는 거란다. 알겠니?"

"네."

"자, 그럼 그만 자거라. 나는 내일 아침 일찍 나가야 하니까 아침은 니들끼리 먹도록 해라. 밥은 해서 이불 속에 묻어놀 테니까."

"네, 어머니."

그러나 나는 잠을 잘 수가 없었다. 곁에서 들려오는 쪽배의 고통스러운 신음 소리 때문만은 결코 아니었다.

MP가 쏜 총에 맞아 철조망 주위에 고꾸라져 피를 쏟으며 죽어가고 있을 누군가의 얼굴에 자꾸 죽은 아버지의 얼굴이 겹쳐져 왔기 때문이었다.

그것은 참으로 이상한 일이 아닐 수 없었다. 아버지는 분명히 미군부대 철조망을 경비하던 개보초였고, 지금 총에 맞아 쓰러졌을 그 사람은 미군부대 철조망을 뚫고 들어가려던 도둑임에 분명한데 어쩌자고 그 두 사람의 다른 얼굴이 내겐 하나의 얼굴로 보이는 것일까.

나는 곰곰 그 이유를 생각해보았지만, 아버지가 미군부대 철조망을 경비하다가 철조망 주위에서 피 흘리며 죽어갔기 때문에 아마 그렇게 보였는지도 모르겠다는 막연한 생각 외에는 아무런 해답도 찾아내지 못한 채 날밤만 새우고 말았다.

어머니는 벌써 일어나 아침밥을 짓기 위해 부엌으로 나가셨다.

나는 잠들지 않은 채 이불 속에 누워 있기가 민망스러워 밀려드는 가벼운 졸리움을 걷어차고 자리에서 벌떡 일어나 아버지 사진이 모셔져 있는 마루로 나갔다.

밤새 내가 고민했던 내용을 아시는지 모르시는지 아버지는 그저 무표정한 얼굴로 나를 지긋이 바라보고만 계셨다.

나는 마루를 깨끗이 쓸고 닦은 후, 방으로 들어가서 쪽배와 선희가 누워 있는 아랫목 한쪽을 제외한 나머지 방 청소를 말끔히 끝냈다.

그동안 어머니는 쌀과 보리쌀이 반반씩 섞인 밥을 지어 점심까지 먹을 수 있도록 여러 개의 주발에다 나누워 퍼담은 후 낡은 구호물자 점퍼 속에 곱싸서 이불 밑에 꼭꼭 묻어두고, 식은 화로의 재는 모두 쏟아내고 부엌 아궁이에서 새로운 밑불을 꺼내 빈 화로에 담은 후 그 밑불이 오래가도록 화로의 가장자리를 재로 꽁꽁 다져놓으셨다.

쥬리고모의 새벽 방문은 어머니가 화롯불을 모두 다듬고 막 외출을 하시려던 참이었다.

며칠 전에도 쥬리고모는 신나게 떠들어 댔었다.

아버지와 함께 미군부대 철조망을 지키던 개보초들은 아버지의 장례식이 끝나자 곧바로 미군부대 측에 '개보초 돼지형의 죽음을 해명하라!'는 요구를 내걸고 농성에 들어갔다고.

미군들도 처음엔 이 사건을 자기들의 울타리를 지키던 한 충직한 개가 도둑의 칼에 찔려 죽은 것 정도로 단순하게 생각했었는데, 한미 합동수사반의 수사에 의해 살갗이라는 거물급 폭력배가 등장하자 미군은 엉뚱한 발표를 했다고 한다.

'개보초의 피살사건은 이 지역 깡패들끼리의 구역관할 다툼에서 빚어진 불상사로써 범인은 살갗이로 밝혀진 바, 미군은 한국인들끼리의 이와 같은 싸움·농성 등에 개입할 의사가 없음과 함께 책임질 일 또한 없음을 밝힌다. 이것은 어디까지나 한국의 헌법에 의해 처벌될 성질의 일들이므로.'

그러나 좀 더 면밀히 진척된 수사에서 돼지형의 피살에는 스미스라는 제대병이 깊이 개입되어 있음이 밝혀지자 미군들은 그 이상의 사건 발표를 중단시키고 쉬쉬했지만 그 소문은 이미 면내를 한 바퀴 다 돈 다음이었다.

소문을 들은 미군부대 안의 한국인 노무자들은 흥분하기 시작했다.

하우스보이, 세탁부, 청소부, 잡역부들까지 몸으로 때우는 일을 하는 모든 사람들은 개보초들의 농성에 거의 다 가담하기 시작했다고 했다. 농성 구호가 '살인자를 소환하라', '미군은 돼지형의 억울한 죽음을 책임져라'로 바뀌었음은 나도 보았다.

당황한 것은 미국뿐만이 아니라 한국 경찰과 외기 노조도 마찬가지였다. 그들이 뻔질나게 어머니를 찾아오는 것만 보아도 그것은 알 수 있었다.

한·미 합동수사본부는 즉시 해체되었고, 개보초들을 모조리

해고시킨 미군은 부대 철조망에 '접근하면 무조건 발포함'이라는 무시무시한 경고 팻말을 수없이 붙여놓았다. 그러나 개보초가 없어진 부대 철조망은 밤마다 목숨을 건 뚜럭잡이들의 절단기에 의해 잘려져 나갔다.

어젯밤에 들었던 세 발의 총소리도 미군 MP가 철조망에 접근한 바로 그 뚜럭잡이들을 향해 발사한 것이라고 어머니는 말씀하셨다.

총 맞은 사람들은 모두 목숨을 건 자들이니까 누굴 원망할 수도 없는 일이라고 어머니는 말씀하셨다.

밖으로 나가시기 전에 어머니는 말씀하셨다. 오늘은 어제보다 더 늦을지도 모르니 에미 기다리지 말고 끼니땐 니들끼리 그냥 먹고 밤엔 일찍 자라고.

3

짱구삼촌이 신신당부했지만 나는 쪽배에게 살갗이의 행방을 묻지 못했다.

평애원의 빵코삼촌 앞에서 긴장으로 기절했던 녀석은 긴장이 풀리자 이번에는 완전히 젖은 검불처럼 착 까부라졌다. 녀석은 이불 속에서 굴신도 못하고 그냥 누워 있었다. 움직이는 것이라곤 가끔 깜박거리는 두 눈과, 물이나 몇 모금씩 겨우 받아마시는 입 하나밖엔 없었다.

사방에서 쫓기고 있는 녀석의 그런 측은한 몰골이 고무 지우개가 되어 내 안에 적어 놓았던 원망의 글씨들을 지워댔다.

나는 녀석에게 물었다

"밥 좀 먹을래?"

녀석은 고개를 좌우로 흔들어 싫다는 뜻을 밝혔다.

나는 녀석에게 더 이상 아무것도 물을 수 없었다.

우선 엉망으로 망가진 녀석의 몸뚱어리부터 어떻게든 추스려놓은 다음에 뭘 물어봐도 물어봐야 할 것 같았다.

놀란 살과 뼈들이 제자리를 찾아 돌아가는 데는 의사의 주사나 약보다도, 뜨거운 아랫목에 누워 푹 쉬면서 찜질하는 것이 제일 좋은 방법이라고 어머니는 늘 말씀하셨다.

그 말은 몸뚱어리 하나밖에 가진 것이 없는 평애원 똘만이들을 치료하면서 어머니가 터득한 지혜였다.

어머니의 말씀은 쪽배에게도 해당되었다. 하긴 쪽배도 평애원 똘만이들처럼 몸뚱어리 하나밖에는 달리 아무것도 가진 것이 없는 천애고아라는 점에선 일치했으니까.

반나절을 내내 아랫목에 누워서 푹 뜨거운 온돌 찜질을 한 탓인지 녀석은 점심때부터는 조금씩 기운을 차려갔다.

뜨거운 물에 말아준 밥을 몇 숟갈 뜨고, 선희와 나를 번갈아 바라보며 조금씩 웃기도 했고, 묻지 않은 말도 한두 마디씩 너덜거리던 입술로 뱉아내기 시작했다.

녀석은 차츰 그렇게 생기를 되찾아가며 살아났다.

"죽을까도 생각해봤지만 억울하고 분해서 죽을 수도 없었어."

나는 녀석이 지금 무슨 소리를 하는가 싶었다. 죽고 싶어도 죽지 못할 만큼 분하고 억울한 게 도대체 무엇일까가 나는 몹시 궁금했지만 아뭇소리 없이 녀석의 말에 그저 고개만 끄덕여주었다.

"미련 없이 이 바닥을 뜨려고도 해봤어. 아니 실제로 파주 쪽으로 토꼈었어. 나 같은 놈 어딜 가도 객지는 다 마찬가지니까. 그런데 땡땡이집에서 너한테 미처 못해준 말들 때문에 그게 자꾸 걸리는 거야. 그래서 다시 널 만나려고 어제 왔다가 평애원 형들에게 붙잡혀 다구릴 탄 거지."

나는 반문하지 않을 수 없었다.

"뭐가 그렇게 억울하고 분하니?"

녀석은 기가 차다는 듯 내 얼굴을 쳐다보며 피식 웃어주었다.

"이렇게 보고도 몰라? 선구, 넌 진짜 쪼다구나."

녀석에게 두 번째 듣는 쪼다 소리였다. 그러나 이번엔 왠지 쪼다 소릴 듣고도 별로 화가 나지 않았다.

나는 화롯불이 놓여 있는 방 한가운데로 눈길을 돌렸다. 화롯가에 바싹 붙어 앉아서 선희가 지금 막 제 주먹만 한 묵은 감자 몇 알을 화로 속으로 집어넣고 있는 중이었다. 불쌍한 녀석… 나는 속으로 그렇게 뇌까렸다. 땡땡이집에서 말했던 대로라면 녀석은 지금쯤 스미스와 함께 미국으로 날아가 그의 호적에 양자로 입적되어 좋은 저택에서 아무 걱정 없이 학교나 다니고 있어야 할 것이었다.

화롯불에서 익는 감자 냄새가 방안에 퍼지기 시작했다.

"… 결국 나는 양아치만도 못한 그 양아버지라는 개새끼에게 철저히 이용만 당한 거야. 그것을 알았을 때는 양아버지를 태운 비행기가 활주로에서 이륙한 다음이었지. 그때 난 그 새끼와 만나기로 약속한 막사에서 짐을 다 챙겨놓고 이때나 저때나 하고 이미 비행기를 타고 떠난 그를 곧 오겠지, 곧 올 거야 하면서 기다리고 있었으니. 생각해봐. 그게 얼마나 한심한 일이겠어."

감자가 화롯불 속에서 타는 냄새가 났다. 선희가 또 꺼낼 시간을 맞추지 못한 모양이었다. 선희는 서툰 집게질로 새까맣게 탄 감자를 화로에서 꺼내며 나를 곁눈질했다. 귀한 감자를 새까맣게 태워놓고 오빠에게 야단을 맞을까봐 겁내고 있는 모습이 안 돼보였다. 나는 선희에게 부드러운 음성으로 말했다.

"선희야, 괜찮아."

녀석이 피식 하고 또 혼자 웃었다.

"어제 평애원에서 그렇게 깨지면서도 살갗이형의 행방을 끝내 말하지 못한 것은 그도 죽었기 때문이야."

나는 녀석이 허탈한 웃음을 웃고 나서 말한 내용을 처음엔 내가 잘못 들었는지도 모른다는 생각이 들어 다시 몇 번을 고쳐 생각해보기도 했다.

그러다 다시 이어진 녀석의 증언을 들으며 나의 가슴은 화롯불에서 꺼낼 시간을 맞추지 못한 감자알처럼 새까맣게 타들어갔다.

“살갗이는 내 양아버지가 언제 본국으로 들어가는지를 가장 먼저 알고 있었지. 살갗이는 그 분야에선 귀신이니까. 그동안 양아버지에게 여러 차례 받지 못한 동업자로서의 배당금은 물론이고, 돼지형이 살해되던 날 밤의 마지막 큰 구찌에 대해서도 이익금의 반타작에 해당하는 금액을 선불로 그냥 줄 것을 요구했었어. 아마 그 돈이면 웬만한 건달 서넛은 평생 동안 편안히 놀고먹을 수도 있을 만큼 매우 큰 액수였지. 양아버지가 나를 꼬신 건 바로 그 무렵이었어. 그때가지만 해도 나는 그 스미스라고 하는 양아버지를 개새끼라고는 부르지 않고 '마이 파더'라고 불렀었거든. 양아들로 자기호적에 입적시켜 학교에도 보내 공부를 시켜주겠다는 말에 내가 그만 휘까닥했던 거지. 그는 여기서 크게 한 밑천 잡아가지고 가지 못하면 자기나 나나 빈민가를 벗어날 수 없다는 것을 기회 있을 때마다 내게 말해줬었거든. 그래서 그랬는진 몰라도 어느덧 나까지도 살갗이에게 양아버지가 내주기로 약속한 배당금이 공돈 나가는 것같이 괜히 아까운 기분이 들더라고, 그러니 실제로 돈을 내줘야 할 양아버지의 기분은 어땠겠어. 하지만 양아버지는 결코 미련한 바보는 아니었어. 살갗이가 얼마나 무서운 친구라는 걸 알고 있기 때문에 배당금을 깎는다거나 떼어먹는 따위의 서툰 짓은 하지 않았지. 그래 봤댔자 그는 자기가 제대와 함께 본국으로 귀국하기 전에 영창으로 먼저 들어가게 된다는 것쯤은 잘 알고 있었으니까. 그러니 돈을 안 줄 수도 없고 주자니 아깝고 그러다가 생각해낸 것이 바로 마지막 날, 그러니까 살갗이가 현금박치기를 하자던 날 돼지형을 끌어들였던 거야. 제 7철조망은 피엑스로 직통하는 지름길이어서 권총을 찬 즈이 나라 엠피들이 직접 경비를 서던 곳이었어. 그러니까 개보초들에겐 상관없는 구역이지. 엠피만 어떻게 손을 써서 잠시 그 위에서 빼돌리면 그 넓은 구역은 그대로 허허벌판이 되지. 양아버지가 매번 어떻게 그 시간에 엠피를 빼돌렸는지는 나도 지금까지 모르겠어. 어쨌거나 그날, 내가 양아버지가 지시한 시간에 맞춰, 송아지만한 개와 돼지형을 그쪽으로 데리고 오자 살갗이는 한참 레이숀박스를 철조망 밖으로 실어내고 있는 중이었어. 우직한 돼지형에게 변명의 여지 없이 정통으로 걸린 거지. 돼지형은 컹컹 짖으며 길길이 뛰는 송아지만 한 개의 목에서 감겨져 있던 줄을 풀어주었어. 그러자 개는 쏜살같이 살갗이에게 달려들었지. 정말 눈 깜짝할 순간이었어. 살갗이가 달려드는 개의 머리를 겨냥해 왼쪽 주먹으로 한 방 후려치자 깨갱거리는 비명과 함께 송아지만 한 개가 힘없이 쓰러지더군. 살갗이의 왼쪽 주먹 한 방을 맞고도 뻗지 않는 게 있다면 그는 돼지형뿐일 거라고 하는 말이 맞았어. 살갗이는 주먹만 센 것이 아니라 몸도 날쌔고 깡다귀도 대단했어. 그러나 역시 돼지형에겐 못 당하더군. 한참을 서로 치고받고 하더니 별안간 살갗이가 비키라고 소리치면서 날램이를 꺼내 들었어. 그러나 돼지형은 길을 막고 서서 비켜주지 않았지. 살갗이가 날램이를 휘두르며 달려들자 두 사람은 다시 한 덩어리로 엉켜 한참을 엎치락뒤치락 하더니 조용해지더군. 잠시 후 돼지형이 혼자 비틀거리며 일어섰는데, 너무 넓은 지역을 비추어서 희미해진 헤드라이트 불빛이지만 분명히 돼지형이 몸 어디엔가 칼침을 맞은 게 분명해 보였어. 내가 돼지형을 부축하기 위해 달려가려고 하자 그때까진 한쪽 구석 어둠에 숨어서 싸움을 지켜보던 양아버지가 일어서며 나를 불렀어. 그에게 다가서자 그 앞엔 언제 파놓았는지 모를 커다란 구덩이가 입을 벌리고 있었어. 그는 살갗이를 끌어다가 거기에 묻으라는 거야. 그때 내가 어떤 생각을 했는지 알아? 미국에 가서 좋은 집에서 편안히 학교 다니려면 지금 이런 것쯤은 도와줘야 나중에 양아버지에게 덜 미안할 것이라는 생각을 했어. 그는 내 대신 돼지형에게로 다가갔어. 돼지형에게 가기 전에 양아버지는 먼저 쓰러져 있는 살갗이에게 가서 그가 배당금을 정말 주지 않아도 되겠는가를 확인한 것은 물론이지. 돼지형에게 다가간 양아버지는 상처를 봐주는 척하면서 바로 살갗이의 날램이가 꽂혔던 그 복부에 살갗이의 날램이를 더 깊숙이 쑤셔 넣었던 거야. 복부에 두 번의 깊은 칼침을 맞고서도 돼지형은 쓰러지지 않았어. 돼지형은 양아버지의 목을 붙들고 철조망 가에다 패대기를 치면서 쓰러지셨지. 넘어진 양아버지는 목과 허리와 다리에 심한 상처를 입고 겨우 걸음을 떼어놓았어. 나는 혼자 낑낑거리며 살갗이의 두 다리를 끌고 구덩이까지 왔어. 살갗이를 구덩이에 밀어넣을 때였지. 나는 분명히 보았어. 눈을 뜬 살갗이가 왼손을 허공에서 허우적거리며 떨어지는 모습을. 나는 눈을 질끈 감고 구덩이에 삽질을 했지. 흙을 다 덮고 나자 온몸은 무서움과 땀으로 뒤범벅이 되어 말이 아니었어. 어서 그 자리를 떠나고 싶은 생각뿐이었어. 살갗이가 흙을 헤치고 곧 나올 것만 같아서 난 온몸에 소름이 돋았어. 그게 전부야. 내가 지난 번의 비행기가 뜨는 마지막 순간까지도 양아버지란 새끼가 나와의 약속장소로 꼭 나오리라고 믿었던 것도 그 새끼와 나는 같은 공범자라는 생각 때문이었어. 그런데 그는 나까지 배신하고 만 거야. 공범이라는 약점 때문에 내가 경찰에 사실을 불지 못하리라는 것도 그는 계산했던 거지. 이게 네가 궁금하게 생각하는 사건의 전부야."

쪽배의 말은 여기서 끝났다.

잘못했다거나 용서해달라는 말 따위는 일체 하지 않고 녀석은 입을 굳게 다물었다.

소가 되새김질하듯 나는 한참 동안이나 녀석의 말을 되씹었다.

방에서고 가슴에서고 이미 감자 탄 냄새는 더 이상 나지 않았다.

짱구삼촌이 곧 올 것만 같은 생각이 들었다. 그러면 나는 짱구삼촌에게 살갗이의 행방을 어떻게 말해줘야 할 것인가. 나는 그들에게 말해줄 것이다.

그러나 지금은 적당한 시기가 아니라는 생각이 들었다.

나는 쪽배의 눈을 들여다보았다.

"지금, 걸을 수 있겠니?"

"아니."

녀석은 고개를 가로저었다.

나는 선희에게 잠깐 집을 좀 보고 있으라고 이른 후 녀석을 들쳐업고 밖으로 나왔다.

평애원 앞길로 가면 버스 정류소는 가까웠지만 나는 일부러 평애원을 피해 멀리 돌아서 가는 길을 택해 걸었다.

등에 업힌 녀석의 무게가 점점 무겁게 느껴져 왔다.

등 위에서 녀석이 물었다.

"지금 어디로 가고 있는 거냐?"

"병원에."

내가 그렇게 짧게 대꾸하자 녀석도 더 이상 입을 열지 않았다.

나는 속으로 빌었다.

내가 버스 정류장까지 걸어가서 다른 고장으로 가는 버스에 쪽배 녀석을 태워보낼 때까지 제발 평애원 삼촌들은 아무도 만나지 않게 해달라고.

그리고 매일같이 사방팔방으로 살갗이의 거처를 수소문하며 돌아다니시는 어머니도 오늘 밤쯤엔 제발 꿈의 계시를 받아 살갗이의 시체를 만날 수 있게 되기를 나는 속으로 빌었다.

그러나 쪽배가 이 바닥에 더 큰 적의를 품고 다시 나타날 때까지 나의 이러한 기도는 이루어지기가 거의 불가능하다는 사실도 나는 잘 알고 있었다.

누가 이 땅을 쭉정이로 만드는가

경부 국도에서 K55 비행장으로 진입하는 삼거리에서 미군부대 정문을 향해 들어가다보면 길가 양쪽 상가는 그야말로 문전성시를 이루고 있다.

밤이면 수십 군데가 넘는 양키홀에서 흘러나오는 양곡과, 코쟁이들의 초상화 몇 점에 화려한 색깔의 싸구려 그림들만 잔뜩 진열해놓은 화방과, 알록달록한 잠바에 영어로 수繡를 놓아 파는 옷가게와, 그 옷을 사 입고 거리를 당당히 활보하는 휜둥이 검둥이들의 껑충 큰 키. 그 곁에 그들의 허리밖에 안 올라오는 작은 키로 껌처럼 찰싹 달라붙어서 걸어가고 있는 양색시들의 모습을 바라보면서 영구는 매우 심란스러웠다. 그렇다고 영구가 심란스러워하는 것이 정순이 생각이 난다거나, 아니면 이 땅이 무슨 아메리카인지 조선땅인지를 구분할 수 없어서만은 결코 아니었다. 그런 생각보다도 당장 발등에 떨어진 불 때문이었다.

벌써 가을걷이가 다가오는데도 웬일인지 벼들이 곡식을 전혀 맺지 못하는 것이었다.

며칠 전부터 논에 나가 군데군데의 벼를 훑어 한 손에 쥐고 한 개씩 입에 넣고 깨물어보아도 다른 때 같았으면 벌써 하얀 물기라도 씹히련만 전혀 그렇지가 못했기 때문이었다.

영구는 문득 두려운 생각이 들었다.

정말 지구의 종말이 오는 것이나 아닐까. 지구도 수명이 있다는 말을 들은 것도 같았다.

교통대에서 K55 정문을 향한 중간쯤에 경부철도가 놓여 있고 그 왼쪽 길 옆에 제과점이 하나 있었다. 제과점 간판은 프린스 제과점이라고 되어 있는데 사람들은 그곳을 땡땡이 빵집이라고 불렀다.

기차가 지나갈 때마다 제복을 입고 금테를 두른 모자를 쓴 사내가 나타나서 노랑색의 깃발을 흔들고 서 있었다. 그는 차단기를 내린 길 양쪽으로 사람들이 접근하지 못하도록 했고, 사람들은 멀찌감치 떨어져 서서 기차가 다 지나갈 때까지 기다렸다. 그러는 동안 차단기에서는 계속 땡, 땡, 땡, 땡, 땡 하는 소리가 귀가 따갑도록 들려왔다.

기차가 다 지나가면 내려졌던 차단기가 다시 올라가고 사내도 깃발을 둘둘 말아 쥐고 감옥같이 생긴 골방으로 들어갔다.

그러면 자전거와 리어카와 마을 사람들은 다시 그 철길 위를 아무 일 없었다는 듯이 지나다녔다.

그러나 기차가 오기 전과 지나갈 때까지 계속해서 듣게 되던 그 땡, 땡, 땡, 땡, 땡… 하는 소리 때문에 사람들은 아마 프린스 제과점보다는 땡땡이 빵집이라고 편안하게 부르는지도 모를 일이었다.

영구는 땡땡이 빵집으로 들어갔다.

카운터 쪽에 앉아 있던 종업원 아가씨가 영구를 보자 반갑게 아는 체를 했다.

"어쩐 일이세요?"

영구는 왠지 아가씨의 그 말이 쑥스럽게 들렸다.

늘 자신과 정순이가 함께 만나 빵 한 쪽씩을 서둘러 먹고는 빵집을 나서던 기억이 떠올랐기 때문이었다. 그 무렵이 늘 빵집도 문을 닫을 시간이었다. 빵집을 황황히 나와 플래시를 켜들고 그녀와 함께 목천으로 들어가면 거의 통행금지 시간이 되고는 했었다. 그런데 지금 그녀와 헤어졌으니 이 빵집에는 더 이상 올 하등의 이유가 없을 것이 아니냐는 말처럼 영구에게는 받아들여졌기 때문이었다.

영구는 습관처럼 정순이와 함께 앉던 구석자리로 가서 앉았다. 엽차를 테이블에 내려놓으며 아가씨가 무슨 말인가를 묻기 전에 영구가 먼저 빵을 주문하고 고개를 벽 쪽으로 돌려버렸다. 되도록이면 오늘은 쓸데없는 말은 피하고 싶은 것이 영구의 솔직한 심정이었다.

영구의 머릿속은 지금 1년간 피땀 흘려 지은 벼농사가 왜 모두 곡식을 맺지 못하고 있는 것인지, 가을걷이를 할 때까지도 저런 쭉정이 상태가 계속될 것인지, 도대체 왜 그런지 그 분명한 이유를 몰라 안타까움으로 가득 차 있었기 때문이었다. 정순이가 양키에게 간 이유는 달러라고 하는 분명한 이유가 있었으니까 지금처럼 이유를 몰라 답답해하지는 않았었다.

영구는 세 살 터울인 정순이와 함께 목천의 한 이웃에서 오빠 동생하며 살았었다. 양가에서도 모두 그 두 젊은이를 짝지어주려고 했고, 영구도 고등학교만을 마친 채 늙으신 부모를 도와 논밭에 나가 장정이 하는 일을 했었다.

그런데 고등학교를 졸업한 정순이가 양키홀에 DJ로 취직을 하면서부터 왠지 두 사람 사이는 서먹서먹해졌다.

거의 매일 손전등을 들고 땡땡이빵집의 구석자리에 앉아 그녀를 기다리고 있던 영구가 한번은 밤길을 걸으면서 그녀에게 이렇게 물었던 적이 있었다.

"언제까지 그 양키홀에 나갈 거야?"

"왜?"

"난 네가 어서 내 아내가 되었으면 해서 그래."

"…!"

그녀는 문득 걸음을 멈추고 영구 쪽으로 고개를 돌렸다. 흡사 처음 보는 사람의 얼굴을 쳐다보듯 영구의 얼굴을 빤히 쳐다보았다. 너무나 갑작스러운 그녀의 태도에 영구는 당황했다. 마차 한 대가 겨우 다닐 만한 넓이의 논둑길을 비추던 손전등이 조금 흔들리면서 양쪽 논으로 퍼져나갔다. 그 순간이었다. 그녀가 갑자기 몸을 던져 영구의 가슴으로 와락 파고들었다. 그녀의 뭉클한 젖가슴의 감촉이 영구의 가슴으로 느껴졌다. 손전등의 불빛은 전혀 엉뚱한 곳을 비추고 있었다.

"왜 이러는 거야?"

그녀를 가슴에서 떼어내며 영구는 그녀의 등뒤로 멀리까지 뻗어나간 손전등의 불빛을 바라보았다. 불빛에 드러나는 드넓은 목천의 논들이 누렇게 익어서 일제히 고개를 떨구고 있는 모습이 까닭모를 하나의 감동으로 영구의 가슴에 와닿았다.

물론 그녀가 양키홀에 나간다고는 하지만, 그녀는 DJ 일만 보기 때문에 양키들과 함께 춤을 추거나, 양키들에게 직접 술을 따른다거나, 또는 손을 붙잡히는 일조차 거의 없을 것이었다. 그녀가 하는 일은 오직 뮤직박스 안에서 양키들에게 음악만 틀어주면 되는 일이었으므로.

그러면서도 영구는 그녀를 어서, 그 투명한 뮤직박스 안에 갇혀서 양키들의 게걸스런 눈요기가 되는 일을 그만두게 하고 싶었다.

방법은 결혼밖에 없었다.

그러나 막상 결혼을 하게 된다고 생각하자 장녀인 그녀가 책임지고 있는 집안 살림이나 어린 동생들의 학비는 누가 어떻게 책임져야 할는지 그것이 걱정이었다. 그래서 그 문제를 함께 의논해보기 위해서 말했던 것인데, 벙어리 냉가슴 앓듯 속으로만 쌓아두었던 그녀의 설움이 한꺼번에 폭발한 모양이었다.

그녀를 뮤직박스 안에서 꺼내주기 위해서 그같이 말했던 것인데, 정작 그녀를 뮤직박스 안에서 꺼내준 사람은 미 공군 정보장교 앤더슨인가 뭐라고 하는 친구였다. 그는 장미꽃 몇 송이로 그녀를 뮤직박스 안에서 꺼낸 후 동거만 하다가 헤어졌다.

남북으로 분단된 나라인 한국 여자와는 절대 결혼할 수 없다. 그것은 미국 군대 내의 하나의 불문율이다. 한국 여자와 결혼한 미군은 진급이 안 된다. 그 이유는 기밀문서를 다룰 수 없기 때문이다. 정보장교인 자기로서는 기밀문서를 다룰 수 없다는 것은 옷을 벗으라는 말과 같기 때문에 어쩔 수 없다는 것이 이유였다. 그래서 그녀는 진급에 상관없는 두 번째 남편으로 토니라는 사병을 따라 마음을 등지고 미국으로 떠나갔다.

영구는 땡땡이 빵집에서 밖으로 나왔다.

시간이 많이 늦어 있었다. 아마 평소 때 같았으면 손전등을 갖고 나오지 않았더라면 논두렁에 한두 번쯤은 나뒹굴었는지도 모를 그런 시간이었다.

그러나 지금은 그런 것이 모두 불필요한 일이 되어버렸다.

왜냐하면 땡땡이빵집에서 목천으로 들어가는 초입에서부터 미군부대 철조망 가로 쭈욱 나가며 전봇대를 세워놓았기 때문이었다.

이제 목천마을 주민들에게는 손전등이 전혀 필요 없게 되었다.

지난 4월부터 목천의 주민들은 어둠을 모르고 지냈다. 4월에 완공된 전봇대에서는 대낮같이 밝은 빛이 쏟아져나왔기 때문이었다.

만약 우리 정부에서 공사를 했다면 이토록 수백 배 아니 수천 배의 밝은 빛은 내지 못했을 거라고 마을 주민들은 저마다 한마디씩 했다.

하긴 영구조차도 미군부대가 개보초제도를 폐지하고 철조망가에 그 같은 엄청난 달러를 투자해 대낮같이 밝은 시설을 한 것은 잘한 것 같다는 느낌이 들 정도였다.

마을 사람들은 가을걷이가 시작되자 4H나 군청 지도위원들에게 벼가 곡식을 품지 못했다는 사실을 얘기했고, 이들은 뻔질나게 목천을 드나들며 수원의 농촌진흥청과 작물시험소에서 무슨 박사라는 사람들까지 데리고 와서 벼들과 논바닥 흙을 몇 번씩 수거해다가 갖가지 검사를 다 해본 모양이었다.

벌써 결과가 나올 법한데도 결과는 영영 나오지 않고 주민들은 원인 모를 벼들의 쭉정이 현상에 몹시 불안해하고 있었다.

흙이 인간을 배신했다고 하는 말은 들어본 적이 없다. 이것은 지구의 수명이 다 됐거나 아니면 인간의 암처럼 벼의 암이 새롭게 생긴 것인지도 모른다고 사람들은 쑤군거렸다.

뼛골 빠지게 1년 내내 농사를 짓고서도 낟알 하나 건지지 못한 것은 고사하고 도대체가 무슨 병인지조차 밝혀내지 못한 상태이니 이것은 말이 되지 않았다.

최소한 농촌진흥청이나 작물시험소에서라도 누군가가 나와서 왜 벼에 이 같은 병이 생겼으며 그 병의 방지를 위해서는 어떻게 해야 한다고 말해주어야만 할 터였다.

그런데 그들 공직자들은 원인 규명은커녕 내내 침묵만을 지키고 있는 것이었다. 아니 침묵을 지키고 있는 것이 아니라 그들은 분명히 원인 규명을 했으면서도 쉬쉬 하고 있는 것만 같았다.

그래서 영구가 농촌진흥청과 작물시험소를 뻔질나게 드나들며 조사를 담당했던 조사관과 박사들을 만났지만 그들은 약속이나 한 듯 하나같이 입을 굳게 다물고 있었다.

그러나 세상에 비밀은 없는 법이었다.

영구가 김 박사의 집으로까지 찾아갔을 때 그 김 박사는 마침내 올 것이 왔다는 식으로 벼들의 그 같은 쭉정이 현상에 대해 말해주었다.

"동물이건 식물이건 사람이건 세상 만물은 모두 다 수면을 취해야만 합니다. 만약 수면을 취해야 할 그 시간에 수면을 취하지 못한다면 두 가지 중의 어느 한 가지가 되겠지요. 미쳐버리거나 생명을 잃거나 하겠지요. 꽃들은 꽃을 피우지 못할 것이고, 벼들은 곡식을 품지 못할 것입니다. 벼들이 모두 쭉정이가 되는 현상의 진범은 바로 전봇대입니다. 미군부대 철조망 가에 박힌 그 수없이 많은 전봇대에서 논바닥으로 뿜어져나오는 수만 볼트의 강렬한 헤드라이트 불빛이 원인입니다. 그 불빛을 밤

7시부터 이튿날 새벽 4시까지 논바닥에 비춰댔으니 벼들이 어떻게 잠을 잘 수 있었겠습니까. 낮에는 강렬한 태양이 비춰대고, 벼들이 수면을 취할 밤 시간에는 다시 헤드라이트 불빛이 강렬하게 비춰댔으니 벼들이 모두 쭉정이가 되는 것도 지극히 당연한 일이지요."

김 박사의 말을 들은 영구는 분연히 일어섰다. 순간 영구의 머릿속에 가장 먼저 떠오른 인물은 정순이를 버리고 떠나간 앤더슨이라고 하는 미공군 정보장교였다.

이제 그들을 상대로 한 투쟁이 비로소 시작된다고 생각하자 영구의 투박하기만 한 두 손에 자신도 모르는 사이에 힘이 들어가면서 불끈 주먹이 쥐어졌다.

고향

모르는 여자로부터 한 통의 전화를 받았다.

한참 마감 무렵이어서 책상 위에 배열표를 놓고 대수별로 대지를 묶고 있을 때라 웬만한 전화는 그냥 없다고 손을 내저을 때인데 '편집장님 전화입니다'라는 이 차장의 말에 긴급을 요하는 거래처 전화인 줄 알고 무심코 수화기를 든 것부터가 잘못이라면 잘못일 터였다.

나는 수화기를 목에 끼우고 두 손으로는 열심히 대지를 넘겨가면 제목과 리드를 훑으며 색色 지정까지 해나가고 있었다.

"박 선생님이시죠?"

어디선가 들어본 듯한 참으로 앳된 목소리였다.

"누구십니까?"

항시 그렇듯 내가 퉁명스럽게 반문하자 수화기 속에서 흘러나온 말은 심히 뜻밖이었다.

"여기는 쑥고개예요!"

"쑥고개?"

나는 쑥고개라는 말에 그만 깜짝 놀랐다. 쑥고개는 나의 고향일 뿐만 아니라 기지촌의 대명사였기 때문이다. 나는 목에 끼우고 있던 수화기를 비로소 왼손으로 바로잡고 다급하게 물었다.

"그런데…. 무슨 일입니까?"

고향에서 걸려오는 전화란 늘 좋은 소식보다는 나쁜 소식이 대부분이었다는 기억과 함께 나의 목소리는 어느새 긴장하고 있었다. 어머니의 부음을 들은 것도 고향에서 걸려온 전화였고, 사업에 실패한 형님께서 사기꾼을 두들겨패고 유치장에 구속되었다는 소식을 접한 것도 고향에서 걸려온 전화였고, 늘 다정한 동무인 목천의 금영이가 새파랗게 젊은 처자식을 남겨두고 허망하게 죽었다는 소식을 접한 것도 고향에서 걸려온 전화였기 때문에 내겐 '쑥고개'라는 말만 들어도 공연히 가슴이 철렁하고 내려앉을 지경이었다.

"꼭 만날 일이 있는데 언제 고향에 내려오실 일은 없으세요?"

나는 떠오르는 불길한 여러 가지 생각들을 한꺼번에 지워 대느라고 무진 애를 썼다. 아직 고향에는 아버님과 가족들, 그리고 몇몇 친척들과 동무들이 함께 살고 있었으므로 그들 중의 누군가가 죽었다거나 구속되었다는 얘기일는지도 혹 모를 일이었다.

"누구십니까?"

나는 수화기 저쪽의 여자에게 조금은 겁에 질린 듯, 그리고 조금은 대들듯 다그쳤지만 수화기 속에서는 나의 그러한 의도와는 아무 상관이 없는 듯한 목소리가 흘러나왔다.

"이름을 밝혀도 선생님은 모르실 거예요."

나는 조금 짜증스럽게 물었다.

"도대체 전화한 용건이 뭡니까?"

"선생님이 쑥고개에 내려오시는 날 뵙고 저의 습작 원고를 좀 보여드릴려구요."

나는 어이가 없었다. 남은 지금 한참 바빠죽겠는 판에 이 여자는 한가하게 원고 타령이나 하고 자빠져 있으니 하는 말이다.

더욱이 나 같은 사람은 문단에 적만 두었을 뿐 작품활동을 10여 년 이상 중단하고 있는 상태여서 문단에서조차도 이름이 까맣게 잊혀진 상태인데, 빌어먹을 어떻게 내 이름을 아직도 기억하고 있단 말인가.

나는 그냥 수화기를 내려놓으려다가 그녀에게 최대한의 예의를 갖춰 한마디 했다.

"원고를 읽어줄 만한 좋은 선생님이 안 계신 모양인데 그렇다면 내가 선생님 한 분을 소개해드릴 테니까 그쪽으로 한번 연락을 취해보시오."

그러고 나는 내가 늘 존경해 마지않던 천 선생님의 전화번호만 일러주고 수화기를 내려놓았다.

그 후 그녀에게 몇 번 더 전화가 걸려왔었지만 나는 바쁘다는 핑계로 일체의 통화를 하지 않았었다. 그렇게 꽤 여러 날이

지났고, 그러는 동안에 나도 차츰 '쑥고개'에서 헤어나올 수가 있었다.

그러던 어느 날 나는 회사의 수위실에서 느닷없는 그녀의 전화를 받게 되었다. 그녀가 회사로까지 나를 찾아온 것이었다.

"선생님, 여기 수위실인데 잠깐만 뵙고 내려갈게요."

할 수 없이 나는 수위에게 그녀를 곧 올려보내달라고 부탁하고는 곧 시작할 예정이었던 편집회의 시간을 조금 연기시켰다.

그녀는 사무실로 들어서자마자 내 얼굴을 사진으로 충분히 익힌 듯 아무에게도 묻지 않고 내 앞으로 곧장 걸어왔다. 그녀의 한 손에는 보자기에 싼 원고뭉치가 들려 있었다. 그녀는 무슨 모델 아가씨처럼 키가 훌쩍 컸고 의상도 매우 세련되었으며 몸매도 날씬했고 얼굴도 예뻤다.

그녀는 약속대로 내게 원고만 전한 후 차 한 잔 하지 않고 곧장 나갔다. 그녀가 나간 후, 나는 보자기에 싼 원고뭉치를 캐비닛 안에 쑤셔넣으며 언제 한가한 시간에 한번 읽어봐야겠다고 생각했지만, 그 후 한번도 그런 한가한 시간이 없어서였는지, 아니면 매일을 시간에 쫓기며 살아서 그런지 그녀의 원고를 맡아두었다는 사실조차도 까맣게 잊고 말았다.

그렇게 얼마 동안의 시간이 흐르자 그녀로부터 "여기 쑥고개인데, 원고 검토해보셨느냐?"라는 전화가 걸려오기 시작했다.

나는 그녀의 전화가 은근히 부담스러웠다. 그래서 바쁜 와중에도 캐비닛에서 그녀의 원고를 끄집어내어 읽기 시작했다. 원고는 재미있게 읽혔다. 그러나 그것뿐 내용은 아무것도 없었다. '실천은 진리를 검증하는 유일한 기준이다'라는 말을 그녀는 전혀 잘못 해석하고 있는 것 같았다. 수없이 많은 '실천'을 그녀는 오직 '섹스'로만 해석하고 있을 뿐이었다.

뭐라고 할까. 식사 후 차 한 잔을 마시듯 그렇게 사랑을 가볍게 생각하는, 성性을 바라보는 그녀의 시각이 나는 무척 마음에 거슬렸다.

그녀가 사무실로 원고를 찾으러 왔다.

사무실로 원고를 찾으러 온 숙녀에게 섹스 이야기를 하는 것도 그렇고 해서 나는 아무 소리도 못하고 그녀에게 그냥 원고를 돌려주고 말았다.

그 후 내가 두어 달에 한 번씩 쑥고개를 가면 그녀는 어떻게 알고 나타나는지 용케도 우리들의 좌석에 원고를 들고 나타나곤 했다. 그러니까 나는 계속해서 그녀의 원고를 읽고 되돌려주는 일만 했을 뿐 그녀에게 원고를 읽은 소감을 한마디도 말하지 못한 셈이었다.

"그럼 또 언제 내려올 거냐?"

"글쎄…?"

나는 조카의 결혼식에 잠깐 내려왔다가 모처럼 만에 만난 이경민, 털보, 재학 등 불알친구들과 점심을 함께 했지만, 잡지사에 두고 온 바쁘고 급한 내 몫의 일들 때문에 밥을 어디로 먹었는지도 모를 지경이었다.

제기랄, 산다는 것이 뭔지. 친한 불알친구들을 만나도 점심 한끼 제대로 못하다니. 이렇게 살아도 제대로 산다고 말할 수 있는 것인지 모르겠다.

"어쨌거나 추석 성묘 때는 내려올 거지?"

여자고등학교 교사인 경민이가 물었다.

"그럼. 그때는 꼭 내려와야지."

그렇게 말하고 서울로 올라와서는 또 고향을 잊었다. 고향뿐만이 아니라 그녀도 잊었고, 그녀의 원고를 본 것도 잊었고, 불알친구들도, 고향 선산에 모신 어머님의 무덤조차도 까맣게 잊고 말았다.

나는 매일을 숨 가쁘게 살아내느라고 나를, 이웃을, 가족을, 친지를 생각해볼 겨를이 없었던 것이다.

그러나 나는 이경민과 약속한 대로 추석 때 쑥고개로 내려갔다. 가서는 조상의 성묘도 하고 고향 어른들도 찾아뵙고 불알친구들과도 만나 모처럼 만에 회포를 풀었다.

이튿날, 휴가를 끝내고 다시 서울로 올라가려는 참에 까맣게 잊고 있었던 그녀로부터 전화가 걸려왔다.

"잠깐 좀 만났으면 하는데요."

나는 음성만 듣고서도 대뜸 그녀임을 알아냈다.

"어쩐 일이십니까?"

나는 고작해야 몇 개월에 한 번씩밖에는 들르지 않는 아버지 집으로 그녀의 전화가 걸려오리라고는 전혀 예측하지 못했던 일이므로 자못 놀라워서 그렇게 물었다. 그러자 그녀는 이렇게 말했다.

"지금 여기는 선생님댁 부근에 있는 〈타임〉이에요. 실례가 안 된다면 잠깐 나오셨으면 해서요."

잠시 후 내가 〈타임〉의 문을 밀고 들어서자 창가 쪽에 앉아 있던 그녀는 화사한 옷차림으로 화사한 미소를 띠고 있었다.

그녀는 내가 자리에 앉자마자 탁자 위로 예쁘게 포장한 선물을 하나 올려놓고 내가 앉은 쪽을 향해 가늘고 길쭉한 손가락으로 밀어냈다.

"해피 버스데이 투 유."

나는 깜짝 놀랐다.

나는 그녀의 고등학교 선생인 이경민에게 들어서 이미 알고 있었다. 그녀의 아버지가 미군부대의 통역관이라는 것과 그녀가 영문과 출신이라는 사실을. 그러나 내 생일이 언제인지는 나 역시 가끔 잊고 지내는 수가 허다했다.

뜻하지 않은 곳에서 뜻하지 않은 사람으로부터 생일선물을 받는다는 것이 내겐 여간 놀라운 일이 아니었다.

"오늘이 내 생일인 줄은 어떻게 아셨소?"

"이경민 선생님이 그러시데요. 박 선생님 생일은 추석 바로 다음날인데, 워낙 불효자라 어머님이 많은 날짜를 짚다가 바로 오늘 돌아가셨다면서요. 박 선생님 생일 못 차려 먹게요."

그녀는 손으로 입가를 막고는 깔깔대고 웃었다.

주문을 받으러 온 아가씨에게 차를 주문하고 나서 그녀는 말했다.

"이건 경주에서 산 석가탑이에요. 참, 선생님, 여행 좋아하세요?"

나는 느닷없이 그녀의 질문에 잠시 멍청하게 앉아 있다가 여행? 하고 되묻고는 신혼여행, 취재여행, 관광여행, 무전여행 등등의 많은 여행을 순간적으로 떠올려보았다. 나도 정말 어딘가로 훌쩍 떠나버리고만 싶었다. 그러나 그것은 늘 생각만으로 끝나야 했다.

"글세…."

내가 그렇게 시들하게 대꾸하자 그녀는 말을 이었다.

"전 취미가 여행이어서 그런지 우리나라의 웬만한 도시는 아미 다 가본 것 같아요. 경주 광주 대구 대전 마산 부산 그리고 제주도까지요."

그녀는 의외로 달변가였고 활달했다.

내가 다방이 아가씨가 가져온 찻잔을 들어 입가로 갖다대자 그녀는 계속해서 나불거렸다.

"경주나 대구, 또는 부산이나 마산 같은 데를 돌아다니다보면 사람들을 많이 만나요. 그런데 한국 사람들은 어디서나 늘 만나는 사람들이니까 하나도 반가운 줄 모르겠는데. 미국 사람을 만나면 그렇게 반가울 수가 없어요. 그래 다가가서, 물어보지요. '너 어디서 왔느냐'구요. 그러면 그들 중의 70~80퍼센트가 모두

'쑥고개'에서 왔다는 거예요. 얼마나 반가운지. 정말, 고향을 만난 것처럼 반가워요. 아니 실제로 고향 사람이기두 하구요."

그녀의 말을 듣는 순간, 나는 그만 찻잔을 떨어뜨리고 말았다.

온몸에 소름이 쭉 끼쳐왔기 때문이었다.

그렇다. 내가 그녀의 원고를 읽고서도 한마디 얘기를 못해줬던 이유도 따지고 보면 바로 그것일 터였다. 여행지에서 만나는 한국 사람은 어디서라도 늘 보아오기 때문에 하나도 반갑지 않지만, 미국 사람을 만나 물어보면 대부분 쑥고개에서 왔다니까 고향 사람을 만난 것처럼 그렇게 반가울 수가 없다는 그녀의 말을 되새기며, 나는 참으로 무섭고 소름끼치는 일이 지금 이 순간 '고향'에서 벌어지고 있다는 생각이 들었다.

신라의 달밤

불면증으로 면도날처럼 예민해진 내 신경을 기를 쓰다시피 해서 겨우 잠의 입구까지 불잡아다 놓고나면, 녀석은 여지없이 차가운 겨울 달빛을 밟는 미끄러지는 듯한 구둣소리와 함께 나타나서 예의 그 '신라의 달밤'을 메밀묵장수의 '메밀묵사려~'의 묘한 음조에 맞춰 '신라의 달밤~♬' '신라의 달 밤~♬' 하며 메밀묵처럼 신라의 달밤을 팔고 다녔고, 그럴 때마다 나의 신경은 다시 면도날처럼 시퍼렇게 날이 서서 한밤을 징징 울게 되는 것이었다.

통금이 가까운 텅 빈 골목을 가볍게 건너뛰는 그 소리를 처음엔 귀중품을 잃은 어느 주정꾼의 싱거운 독백쯤이나 메밀묵장수의 메밀묵 사라는 소리쯤으로 쉽게 착각했던 이유도, 도대체 어느 시러배 아들놈이 가요의 제목(혹은 가사의 한 소절인지도 모르지만)만을 계속해서 그따위 묘한 음정으로 남의 창가를 지나며 불러댔겠느냐는 것 때문이었다.

아무튼 소리 없는 총이라도 있다면 쏘아버리고 싶도록 녀석이 내 수면을 끈질기게 방해하는 못된놈인 것만은 사실이지만, 나를 제외한 동네의 어느 누구도 그 '신라의 달밤'에 나처럼 수면을 방해 당하지는 않는 모양이었다.

왜냐하면 참다못한 내가 안면방해죄로 고소라도 할 요량으로 동조자를 구해봤지만, 동네 사람들은 고사하고 나와 한방에서 기거하는 일심동체라는 아내까지도 그냥 피식 웃으며 "당신의 신경과민이에요. 저도 들었지만 그게 어디 수면을 방해할 만한 것이 되나요. 소릴 버럭버럭 지르는 것도 아니고 그냥 지나가면서 조그맣게 노래하는 걸 가지고 뭘 그래요"라고 대수롭지 않게 말하는 것이었다.

나는 기가 막혔다. 그것은 아내가 내게 오밤중에 들려오는 신라의 달밤을 변호한다는 인상을 준다거나, 나의 이마에 신경과민이라는 아내 식의 편리한 딱지를 서슴지 않고 붙여대는 무엄한 태도 때문이 아니라, 음악대학을 나온 아내의 귀에까지 고장난 녹음기처럼 탄력을 잃고 반복되는 그 한 맺힌 듯한 괴성이 어떻게 해서 노래로 들릴 수 있을까 하는 의문 때문이었다.

나는 반문했다

"아니, 노래라니?"

"아이 참, 당신도… 그게 신경과민이라는 증거 아냐요? 노래를 노래라고 말한 내가 틀렸다고는 생각지 않지만, 설사 틀렸다 하더라도 남의 얘기에서 그런 식으로 일일이 잘못된 부분을 뽑아낸다는 게 얼마나 스스로의 정신위생에 많은 손실을 가져오는지를 아셔야 해요."

"정신위생의 손실이라니? 당신 점점 엉뚱한 소리만 늘어놓는데…."

"또 그러신다. 그게 바로 당신의 신경과민이라니까요."

나는 울화통이 치밀었다. 동해물과 백두산이 마르고 닳을지언정 노래라는 개념만은 절대 혼동할 리가 없는 아내가 어떻게 해서 달밤의 체조 같은 녀석의 주술(신경을 곤두세우는 데나 기여할 뿐인)을 감히 노래라고 했는가를 나는 전혀 납득할 수가 없었다. 한사코 나를 신경과민으로만 몰고 가려는 아내의 저의가 무엇인지 나는 그저 답답하기만 했다.

나는 눈을 감았다. 순간 녀석의 '신라의 달밤~'이 지금은 그저 내 수면을 방해하고 위협할 뿐이지만 멀지 않은 장래에 반드시 아내와 내가 이룩해놓은 우리 가정의 평화를 깨뜨리고 말 것만 같은 무서운 예감이 스치고 지나갔다.

시위를 벗어난 화살이 과녁의 한가운데를 정확히 명중시키듯, 나의 예감을 무섭게 적중시킨 첫 번째 사건이 터진 것은 그로부터 한 주일이 지난 토요일 자정이 조금 지나서였다.

퇴근길에 동료 직원들과 어울려 마신 술 몇 잔의 주기 때문에 나는 적당히 기분이 좋아 있었고, 초저녁부터 참을 수 없는 치통처럼 사정없이 욱신거리는 성욕으로 거푸 두 차례를 계속

해서 치러낸 아내와의 방사로 해서 적당히 피곤해 있었고, 그래서 참으로 오랜만에 편안한 잠을 잘 수 있으리라고 믿으며 감미로운 아내의 숨결 곁에서 감미로운 잠을 청했고 또 쉽게 잠이 들었다.

그러나 내가 심한 갈증과 요도의 팽창감을 동시에 느끼며 잠에서 깨어나 머리맡의 자리끼를 마시고 배설을 하고 그리고 무의식적으로 시계를 보며 막 자리에 누우려는 바로 그 순간, 나는 예의 그 '신라의 달밤~♬' 소리를 들었다. 그래서 반사적으로 벌떡 자리에서 일어나 창문을 와락 열어젖뜨리고 보이지 않는 담장 너머의 녀석에게 냅다 소리를 질러버렸다.

"거, 누가 매일 이렇게 오밤중에 사람 잠도 못 자게 떠들고 다녀!"

나는 담장 저쪽에 녀석이 갖고 있는 인기척을 향해 아구창이라도 돌려버리듯 눈을 흡뜨고 주먹에 힘을 주면서 몸을 부르르 떨었지만 녀석에게선 아무런 대꾸도 들려오지 않았다.

나는 단연 긴장했다.

담장 너머에는 분명히 녀석의 인기척이 아주 선명하게 살아 있는데도 녀석은 굳게 입을 다물어 침묵했고 그 침묵이 나는 차츰 무서워지기 시작했다.

어느 틈에 깨었는지 아내는 내 곁에 와 서서 졸음이 밴 커다란 눈을 깜박거리며 창살 밖으로 투망하듯 열심히 시선을 던져 무엇인가를 찾아내려고 애쓰고 있었다. 그러나 아내의 눈에는 방안에서 흘러나가는 불빛에 드러나는 담벽과 그 뒤의 차가운 고요만이 건혀올 뿐이었다. 이상스럽다는 듯 아내는 내게 물었다.

"아니 여보, 누가 왔어요? 주무시다가 별안간 웬일이세요. 네?"

나는 검지손가락을 입술 중앙에 세우며 가만히 "쉬—잇!" 소리를 냈다.

"…?"

아내는 눈가로 비어져나온 졸음기를 손등으로 두어 번 문질러 닦아내고는 잠시 멍한 표정으로 내 얼굴을 쳐다보았다.

'쉬—잇'을 설명해 달라는 것 같았다.

나는 한껏 음성을 낮추어 아내에게 말해주었다.

"조용히 해. 신라의 달밤이 저기 저 담벽 뒤에 숨어 있어."

나는 어둠 속에서 다소의 보수가 필요해진 담장의 한 부분을 가리키며 아내의 귀에 조그맣게 속삭였지만, 아내의 음성은 갑자기 볼륨을 높여놓은 성능 좋은 라디오처럼 와장창 어둠을 뚫고 멀리까지 달려나갔다.

"아니, 여보! 지금이 몇 신지나 아세요? 네 시에요. 새벽 네 시. 당신 완전히 노이로제예요."

그 문제라면 이제 더 이상 얘길 듣지 않아도 된다는 듯 아내는 창의 커튼을 성급히 내렸다.

나는 녀석이 담장 너머에 숨어 있는지 없는지의 여부에 대한 확인을 포기하고 신경과민에서 노이로제로 비약한 내 병명을 생각하며 아내의 곁에 주저앉고 말았다.

아내가 애원조로 말했다

"여보, 제발 잠 좀 자게 해주세요. 네."

나는 아무 소리도 못하고 고개를 떨구었다.

아내는 다시 가늘고 긴 속눈썹을 피아노의 선율처럼 아름답게 움찔거리더니 조용히 잠의 나락으로 빠져들어가는 듯했다.

어쩌면 지금 아내가 꾸고 있을지도 모를 꿈의 내용처럼 조금 전에 내가 들었던 '신라의 달밤~'도 한낱 부질없는 것이길, 제발 곧 잊어질 수도 있는 하나의 환청이길 나는 스스로에게 간절히 기원했다. 그러나 나의 기원도 부질없이 그것이 환청이 아니라는 사실이 곧 명백해졌다.

그것은 녀석의 '신라의 달밤~' '신라의 달밤~' 하던 주술적인 음조가 '아, 신라의 달밤이다!'로 변해서 너무도 분명하게 다시 들려왔기 때문이었다. '아' 라는 감탄사와 '이다'라는 서술격 조사가 앞뒤로 붙어 본래의 '신라의 달밤~'이 주던 억양과는 사뭇 틀리게, 말하자면 꼭 무슨 상소리를 뱉아내듯 '아, 니기미 시팔이다!' 하는 식의 전혀 엉뚱한 공포감을 자아내게 하는 그런 소리였다.

"아, 신라의 달밤이다!"라는 소리가 창문을 와락 열어젖뜨리고 후다닥 방안으로 뛰어들어왔고 나는 엉겁결에 엎드려서 캐시미어 이불을 머리 위까지 뒤집어썼다.

그리고 이불 속에서 유유히 사라져가는 녀석의 달빛에 미끄러지는 듯한 구둣소리를 아련히 듣고 있었다.

늦잠에서 깨어난 나의 머리맡엔 물이 가득 채워진 유리컵과 하얀 약봉지, 그리고 아내의 걱정스런 얼굴이 완강하게 버티고 있었다.

나는 방안의 기묘한 상황에 잠시 어리둥절해지지 않을 수 없었다. 그러나 내가 다시 아련한 기억을 곰곰 되짚어나가 '신라의 달밤~'을 만나기까지는 그리 오랜 시간이 걸린 것은 아니었다.

내 혼미해진 기억의 한 구석, 그 음습한 4면 벽에선 '신라의 달밤'이 킬킬 대며 웃고 있었다.

나의 이마엔 수갑처럼 아내의 차가운 손이 얹혀 있었고, 나는 눈을 감았다.

"아무래도 당신 몸살인가 봐요. 열도 있고, 아침까지 내내 헛소리만 하시던데 안 되겠어요. 오늘은 출근하지 말고 하루쯤 푹 쉬도록 하세요. 회사엔 제가 아까 전화로 연락해놓았으니까요."

"…."

푹 쉬어야 한다는 아내의 말이 낡은 목조 건물의 나무 계단을 밟을 때처럼 삐거덕거리며 내 무너질 듯한 의식의 계단을 밟고 올라오기 시작했다.

요즘 회사는 나의 카피Copy 때문에 그야말로 벌집을 쑤셔놓은 것처럼 요란스러웠다.

기업 이미지 쇄신을 위해서 최근 회사는 광고에 엄청난 돈을 집중적으로 투자하고 있었다. 그러나 '엄청난 돈의 집중적 투자'라고 해봐야 기실 큰 기업에서 시리즈로 내고 있는 기업 광고의 단 몇 회분에도 못 미치는 극소량에 불과했지만 잡다한 군소 제약회사 중의 하나인 우리 회사로서는 거의 사운을 건 일대 모험이 아닐 수 없었다.

회사의 전략 상품은 오직 해열 진통제 하나뿐이었다.

사장은 하루에도 대여섯 번씩 그 문제를 지시하기 위해 인터폰을 눌렀다.

"이번 상품은 어떻게 해서든 히트시켜야 합니다. 아주 훌륭한 카피를 만들어서 이번 기회에 우리 회사의 이미지도 좋은 의약품의 메이커로 부각시켜보도록 하시오. 그래야만 창고에 쌓인 다른 상품들도 움직일 수가 있을 것 같소."

기업 광고를 겸한 상품 광고를 하라는 말이었는데, 그런 이중의 효과 구성은 자칫 잘못하면 광고에 성공하고서도 판매에서는 실패하는 경우가 허다했다. 어느 한 가지를 선택하지 않으면 둘 다 실패할 확률이 높았다.

나는 전적인 기업 광고를 하든지 아니면 전적인 상품 광고를 해야만 한다는 내 의견을 말했다.

"사장님 둘 다 얻으려다가는 어느 하나도 얻지 못합니다."

사장은 콧잔등으로 내려온 안경테를 검지손가락의 매듭진 부분으로 조금 밀어올리며 말했다.

"안 된다. 이런 말이오?"

사장의 음성은, 그가 안경을 밀어올릴 때 손가락에 끼워진 백금반지의 표면에 박힌 세 개의 커다란 다이아몬드가 발하는 빛처럼 차갑게 느껴졌다.

나는 눈부신 사장의 손가락을 들여다보며 대꾸했다.

"그렇습니다."

"안 되는 걸 되게 하는 게 일 아니겠소? 누가 해도 되는 일은, 눈에 보이는 돈은 돈이 아닌 것처럼 일이 아니오. 되는 일은 누가 해도 되게 되어 있소만, 누가 해도 되지 않는 일을 되게 하는 게 바로 보람 있는 일인 것이오. 바로 김 실장이 하는 일 같은 것 말이오."

나는 눈을 질끈 감았다. 사장의 손가락에서 발산되는 다이아몬드의 빛이 너무 강렬하게 순간적으로 내 눈을 찔렀기 때문이었다.

나는 비틀거리며 사장실을 걸어나왔다. 귓가가 멍멍했다. 어디선가 '들에 깐 콩깍지 깐 콩깍지인가 안 깐 콩깍지인가' 하는 소리가 들리는 듯도 했다.

나는 내 자리로 돌아와서도 한참 동안 멍하니 앉아서 귓속을 웅웅거리는 그 들에 깐 콩깍지 소리 같은 것이 완전히 사라질 때까지 기다렸다. 그리고 제작실의 전 직원이 다 퇴근한 후에야 비로소 일을 시작했다.

나는 먼저 약의 성분 분석표를 놓고 검토했다. 그리고 실망했다. 애초에 단순한 진통제로서 시장에 내놓았을 때 기존 진통제들을 압도할 수 있을 만큼 약효가 뛰어나길 기대하진 않았지만, 이건 어떻게 된 것이 타사의 제품에 비해 진통·진정·해열의 약효가 하나같이 모두 떨어지고 있었던 것이다. 다만 한 가지 나은 것이 있다면, 있어도 그만 없어도 그만인 소량의 피로회복제 성분이 함유되어 있다는 것뿐이었다.

나는 생각을 거듭한 끝에 진통제로서보다는 오히려 그 해열 진통 진정을 겸한 피로회복제로서 대중에게 어필시키는 것이 좋으리라는 판단을 내렸다. 그리고 가능한 만큼 소구 대상을 지적 수준이 높은 정신근로자들로 잡고, 상품명도 피로가 낫는다는 말을 그대로 담아 '피로나'로 정했다.

이제 남은 문제는 '피로나'의 광고 카피였다.

어떠한 말로 헤드라인을 잡아야 상품과 기업의 이미지가 신선해질 수 있을 것인가? 나는 머리를 쥐어짜며 끙끙거렸다.

'피로나'를 피로와 긴장을 말끔히 해소시키면서도 해열 진통이 가능한 국내 초유의 전혀 새로운 타입의 의약품으로 어필시키는 것이 중요했다. 그러나 그것이 단 한 줄로 어떻게 요약되어져야 하는가?

이 문제를 갖고 나는 부단히 고심했다.

나는 수없이 많은 파지를 냈다.

내가 구겨버린 파지는 휴지통이 넘치자 사무실 시멘트 바닥으로 기어나왔다.

한 줄의 카피를 위해 나는 언어의 하이히만처럼 원고지 칸마다 수천 수만 단어를 몰아넣고 살해하고 있었다.

내가 자음과 모음이 해체된 언어의 처참한 시체더미 속에서 겨우 다음과 같은 문안 하나를 발견한 것은 새벽 4시경이었다.

'당신은 이제 푹 쉬어야 합니다.'

내가 밤을 꼬박 새우며 써낸 것은 바로 이것이었다.

상품명과 헤드라인, 그리고 레이아웃 및 매체 선정 등을 한참 들여다보고 있던 사장이 별안간 무릎을 탁 치며 결재 서류를 덮었다.

"감탄했소. 역시 김 실장은 천재적인 카피라이터요."

사장이 하도 힘차게 손으로 무릎을 내리쳤으므로 나는 혹시 그의 손가락에 끼어 있었던 백금반지의 표면에 박힌 다이아몬드가 세 개 모두 빠져나가지나 않을까 걱정했다.

"이것이 잘만 된다면 우리는 국민들에게 절대적인 지지를 받을 수 있는 의약품 메이커로 부각될 수 있겠군."

사장이 고개를 주억이며 내는 혼잣소리를 나는 못 들은 척하고 사장실을 나왔다.

모든 제작물이 나의 카피대로 그렇게 제작·출고되었다.

그런데 전혀 예상하지 못했던 곳에서 일이 터지고 말았다.

문제의 발단은 나의 카피인 '당신은 이제 푹 쉬어야 합니다!'에 있었다.

캠페인이 시작되어 소비자들로부터의 반응이 일기 시작할 무렵 일선의 영업담당자들로부터 '피로나'의 광고 카피에 대해

이의가 제기되어온 것이다.

해소할 수 없이 쌓이는 스트레스로 오는 피로와 두통에 공감한 도시의 모든 소비자들이 '피로나'를 복용하려 하지 않고 '당신은 이제 푹 쉬어야 합니다!'의 헤드라인에 따라 전부 일하기를 중단하고 쉬러간다는 것이었다.

결국 나의 카피는 실패했고, 그래서 회사는 엄청난 결손을 안게 되었다.

나는 '피로나'를 선전할 때 소비자들의 소구 동기를 편안, 생존, 안전성에의 욕구로 잡았다. 그것은 광고학에서 말하는 소위 기초 욕구 소구basic needs appeal에 해당되는 것이다. 그런데도 소비자들은 '피로나'를 복용하지 않는다고 하니 문제는 자못 심각한 것이 아닐 수 없었다. 적어도 광고학으로는 설명되어지지 않는 이변인 것이다.

소구 동기를 강도별로 조사한 스타치의 통계에 의하더라도 44가지의 순서는 다음과 같다.

(1)식욕 (2)아이를 위하여 (3)건강 (4)성 (5)부모의 마음 (6)대망 (7)쾌락 (8)안락 (9) 획득 (10)명성 (11)사교 (12)취미 (13)용모 (14)안전 (15)청결 (16)안면 (17)가정의 즐거움 (18)경제 (19)호기심 (20)능률 (21)경쟁 (22)공동사업 (23)경신 (24)동정 (25)보호 (26)가정적 (27)사회적 (28)우정 (29)환대 (30)온정 (31)모방 (32)겸손 (33)유희 (34)타인의 관리 (35)신선함 (36)공포 (37)활동 (38)솜씨 (39)건설 (40)스타일 (41)유머 (42)오락 (43)수치심

(44)놀리는 것.

이 중에서 가장 소구 강도가 높은 동기, 그러니까 건강, 안락, 안면 등에 소구한 것이 '피로나'였는데도 '피로나'는 소비자들에게서 결과적으로 외면당한 꼴이었다.

왜 그렇게 되었을까.

나는 도저히 그 이유를 밝혀낼 수가 없었다.

사장은 소파에 몸을 내팽개치듯 깊숙이 파묻고 앉아 오른쪽 다리를 왼쪽 다리 위에 얹고 있었다.

늘 그렇듯 나는 공손하게 허리를 굽혔다.

"부르셨습니까?"

사장은 질끈 감았던 눈을 부시시 뜨면서 포개져 있던 다리를 풀고 자세를 바로했다.

"김 실장, 거기 좀 앉으시오."

사장의 음성은 처연했다.

나는 사장의 검지손가락이 가리키는 맞은편 소파에 엉덩이를 내려놓았다.

사장은 탁자 위에 있는 순은제 담배갑에서 담배 한 개비를 꺼내 권한 후 라이터를 켜서 들이댔다. 가스라이터의 불꽃이 후후르혹~ 하고 내 눈썹까지 치솟았다.

나는 고개를 뒤로 젖히며 손을 들어 눈썹을 만져보았다. 다행스럽게도 눈썹은 하나도 타지 않은 채 그대로 있었다.

"괜찮소?"

"네, 괜찮습니다."

사장은 가스라이터를 탁자 위로 내려놓았다.

"들어서 알고 있겠지만, 시장에서 지금 우리의 '피로나'가 전혀 움직이지 않고 있다는 얘기요. 아무래도 광고를 새로 해야잖을까 생각되는데 김 실장 의견은 어떻소? 카피에 문제가 있는 것 같진 않소?"

나는 불쾌했다.

사장은 보기보다는 경솔한 사람 같았다. 스스로 무릎을 치며 '피로나'의 카피에 대해 찬사를 아끼지 않던 그 입에 채 침이 마르기도 전에 다시 그 카피를 불신하는 말을 하다니 도대체가 나는 사장의 경박스러움을 이해할 수가 없었다.

나는 카피에 문제가 있는 것이 아니라 소비자의 의식에, 아니 그들이 우선 쉬어야 할 만큼 극도로 피로해진 근본 원인에 문제가 있는 것 같다고 말하려다가 입을 다물고 말았다. 사장이 먼저 자신의 속셈을 드러내보이는 말을 했기 때문이었다.

"신선한 카피로 한번 바꿔보는 게…."

사장은 미국의 유명한 콜게이트 치약 회사의 광고를 생각하고 있음에 분명했다.

처음 콜게이트사에서 만든 광고 카피는 '리본 치약 크림! 이것은 리본처럼 나와서 당신의 칫솔에 납작하게 달라붙습니다'라고 하는 치졸한 것이었다.

누가 봐도 이 문안은 너무 진부해서 소비자들에게 전혀 구매

의욕을 돋워주지 못하리라는 생각이 들 것이다. 아니 실제로 그 광고는 완전히 실패했는데, 그때 어떤 광고 대행사가 그 실패에 대해서 용감하게 대 콜게이트사에 카피를 바꾸어 보는 것이 어떻겠느냐는 제안을 했다. 콜게이트사는 그 조언을 한 광고대행사를 건방지다고 본 것이 아니라 그 조언을 액면 그대로 받아들여 광고 카피를 새로 검토한 후, 치약 선전으로는 부적당 판결을 내리고 그 광고대행사로 하여금 광고를 새로 만들게 하였다. 그때 새로 바꾼 카피가 '이를 깨끗하게 함과 동시에 숨 쉬는 냄새도 깨끗하게'라는 것이었는데 소비자들에게 매우 신선한다는 평을 들었다.

신선한 카피를 찾는 사장의 의도는 뻔했다.

사장은 자꾸 카피에 절대적인 신념을 갖고 있었기 때문에 '피로나' 광고 카피를 새로 쓴다는 것에 대해서는 찬성할 수가 없었다. 그렇다고 그 모든 책임을 무책임하게 소비자들에게만 돌릴 수도 없는 일이었다.

나는 재떨이에 담배를 비벼 끄고 일어서기 전에 사장에게 나의 생각을 말했다.

"소비자들은 지금 지쳐 있습니다. 곧 피로를 회복하고 싶다는 생각이 들 때가 있을 것이고, 그때가 되면 '피로나'를 찾게 될 것입니다. 그 시기가 언제일지는 저도 모르지만, 다만 그들에게 그런 자각증상이 올 때까지는 그저 그들의 피로에는 '피로나'라는 약이 있다는 것만 주입시키고 우선은 쉬게 내버려두는 것이

최선의 광고라고 저는 생각합니다."

"쉬게 내버려두는 것이 최선의 광고가 된다고?"

사장은 이해할 수 없다는 표정으로 고개를 갸우뚱거렸다.

"그렇습니다."

나는 자신있게 대답했다.

나의 단언에도 불구하고 사장은 여전히 자신이 없는 것 같았다. 오른쪽 왼쪽으로 한 차례씩 고개를 갸우뚱거리며 "그렇게 될까?"

라고 뇌까리는 사장의 마지막 그 다섯 음절 속에서 나는 문득 '신라의 달밤'을 떠올렸다.

"당신 지금 무슨 생각을 하고 계세요?"

아내는 내 이마 위에 얹었던 오른손을 왼손으로 바꾸어 대면서 오른손으로는 머리맡에 있는 주전자를 집어들고 조금 전에 자신이 비운 투명한 유리컵에 보리차를 쪼르륵 소리가 나도록 점점 주전자를 위쪽으로 치켜올리며 다 따른 후, 애정이 담뿍 담긴 듯한 음성으로 다시 한번 물었다.

"당신 지금 무슨 생각을 하고 계세요?"

"아무것도…."

정말 나는 아무것도 생각하고 싶지 않았다. '이제 당신은 푹 쉬어야 합니다!' 따위의 얼빠진 카피를 쓰기 위해 하루 24시간 내내 풀가동되고 있는 나의 머릿속에서 이제 그 모든 지각기능을 축출시키고 정말 푹 쉬고 싶을 뿐이었다.

가능하다면 청각도 후각도 시각도 미각도 촉각도, 그렇다. 그 모든 감각기능이 모조리 마비된 채 식물인간처럼 의식을 잃고 누워 있고만 싶었다. '신라의 달밤~'을 듣지 않아도 좋을 식물인간처럼 깊은 혼수상태로 빠져버리고만 싶었다.

"여보, 의사 선생님께 당신의 증세를 얘기하니까 요즘 정신근로자들에게서 흔히 나타나는 유행병의 일종이래요. 걱정할 것 없이 우선 마음을 진정시키고, 푹 쉬면 낫는다니까… 자. 이 약부터 좀 드시도록 하세요."

아내는 내게서 조금 비켜 앉으며 왼손과 오른손에 보리차와 '피로나'를 각각 하나씩 들고는 내가 벌떡 자리에서 일어나 자신의 손에서 그 두 가지를 어서 빼앗아가주기를 눈으로 간절하게 요구했다.

나는 연애시절 우이동 산 속에서 아내의 순결을 빼앗을 때처럼 그 눈길에 이끌려 자폭하는 기분으로 아내의 손에서 약과 보리차를 빼앗아 차례대로 입속에 털어넣고 꿀꺽 삼켰다.

그리고 아내의 얼굴은 쳐다보지 않았다. 아내가 어떤 표정을 짓고 있을 것인가를 나는 이미 다 알고 있었으므로.

그렇다 아내는 기특한 남동생을 둔 누나와 같이 자랑스러워하는 회심의 미소를 아름다운 꽃잎처럼 입가에 물고 있을 것이다.

아내는 습관대로 조간신문을 내 머리맡에 놓아두고 몸을 일으켰다.

"그럼 푹 주무세요."

아내는 늘 아침마다 내가 잠에서 깨어나 손만 뻗으면 쉽게 닿을 수 있는 위치에 그렇게 신문을 갖다놓아두곤 했었다.

나는 아내의 말에 대답할까 하다가 슬슬 몰려오는 졸음 때문에 아예 입을 눈처럼 닫아버렸다.

내가 아무 대꾸도 하지 않자 아내는 잠시 서 있다가 그냥 방을 나갔다.

아내가 방을 나간 후, 나는 누운 채로 팔을 어깨 위로 뻗어 손으로 머리맡에 놓인 신문을 집어올렸다.

방금 배달된 신문 특유의 잉크 냄새가 오늘 따라 아주 상큼한 느낌을 주었다.

나는 신문을 손에 쥐면 제일 먼저 광고면을 비교적 세밀히 훑어본 후에야 문화면에서 머릿글자나 읽고, 그 다음 만화에서 TV프로 그리고 사설의 순으로 대충대충 눈을 옮기는 것이 거의 습관처럼 되어 있었다.

신문을 펴든 나는 늘 보는 5단통 광고에서부터 토막광고에 이르기까지 광고란 광고는 하나도 빠뜨리지 않고 보물찾기라도 하듯 샅샅이 읽어 내려갔다.

그러다가 나는 어느 한 지점에 와서 그만 쇠망치로 뇌수를 한 대 정타로 얻어맞은 것처럼 까무러칠 듯한 깊은 충격을 맛보았다. 마침내 두 번째의 사고가 터진 것이다.

그것은 띄어쓰기조차 무시한 1단 13자 두 줄짜리 분실 광고였는데, 그 전문은 이렇다.

> 분실공고
> 동정을분실했음습득하신분은
> 연락바람후사하겠음

그리고 그 밑에는 내 집 전화번호와 이름이 분명히 적혀 있었다.

나는 누가 보기라도 할까봐 얼른 신문을 구겨접었다.

아직 아내는 이 광고를 보지 않았을 것이다. 만약 아내가 이 광고를 보게 된다면? 그건 생각만 해도 끔찍한 일이었다. 십중팔구 나는 여지없이 아내의 손에 의해 정신병으로 인도될 것이기 때문이다. 그 광고가 어떤 경로로 나오게 되었는가는 고사하고 내게 여타의 변명의 여지를 줄 것 같지가 않았다.

나는 아내가 아직 신문을 보지 않은 것에 우선 안심했다. 그러나 아내는 이제 곧 신문을 볼 것이다.

나는 서둘러 신문을 치워버리던가 아니면 최소한 그 부분만이라도 가위로 오려내거나 잉크로 지워버리려고 마음먹었다가 그만둬버렸다. 정작 그렇게 되고 나면 그것은 자칫 아무것도 모른 채 지나칠 수도 있는 아내에게 괜한 의심을 불러일으키는 그릇된 결과를 초래할지도 모른다는 생각이 들었기 때문이었다.

나는 아내가 그 분실공고를 보게 되는 불행한 사태가 일어나지 않기만을 바랐다.

그러나 전혀 엉뚱한 방향으로부터 그 분실공고 사건은 터지고 말았다.

아내가 황급히 방문을 열고 들어와 내 곁에 무릎을 굽히고 앉아서 내 얼굴을 빤히 쳐다보는 것이었다. 그런 아내의 눈에는 의혹이 가득 담겨 곧 넘칠 듯 찰랑거리고 있었다.

"여보!"

"왜?"

"당신…."

어려운 얘기를 꺼낼 때의 아내의 말투는 늘 이렇게 잠시 사이를 두는 것이었다.

"혹시…. 김영란 씨라는 분을 아세요?"

"김 · 영 · 란? 글쎄 모르겠는걸. 그런데 왜 그래?"

"잘 생각해보세요."

나는 고개를 가로저었다. 아무리 생각해봐도 모를 것 같았다. 그러자 아내가 단호하게 말했다.

"틀림없이 아는 사람일 거예요. 술집 마담 같아요. 당신의 귀중품을 술값 대신 보관하고 있는 듯한 눈치던데 정말 모르시겠어요? 잘 생각해보세요. 취중에 뭘 맡기신 적은 없었어요? 그 여자 아주 당당하데요. 김영란이라고 자신의 이름까지 분명히 밝히고 말예요."

아내는 아무래도 뭔가 미심쩍다는 듯 고개를 갸웃거리며 벽에 걸려 있는 코트와 내가 손목에 차고 있는 시계를 번갈아가며 쳐다보곤 했다.

이때 다시 응접실에서 전화벨 소리가 요란스럽게 울려왔다.

“또 그 여잘 거예요.”

아내는 들어올 때보다 더 황급히 나갔다.

요란스럽게 울던 전화가 뚝 울음을 그쳤다. 그리고 아내의 음성이 들려왔다.

“예, 말씀하세요. 예? 저…. 지금 편찮으셔서 누워 계신데요. 뭐라고요? 분실공고요? 잘, 안 들리는데요 좀 크게 말씀해보세요. 뭘 보관하고 계시다고요? 뭐요? 제 남편은 지금 편찮으셔서…. 뭐라고요? 뭐 이런 여자가 다 있어!”

찰깍. 아내가 수화기를 신경질적으로 내려놓는 소리가 들렸다.

순간

“아!” 하고 나는 나도 모르게 소리를 내뱉고 말았다. 그 여자다. 나는 까마득하게 잊고 있었던 저 10여 년 전의 어느 눈 오는 날 밤이 떠올랐다. 그렇다. 바로 그 여자의 이름이 김영란이었다.

나는 자리에서 벌떡 상체를 일으켜 세워 앉은 자세를 취하고, 방문을 열고 들어서는 아내의 얼굴을 정면으로 치켜올려 보았다.

아내의 얼굴엔 불쾌해하는 빛이 역력히 나타나 있었다.

"당신…."

아내가 또 무슨 어려운 얘길 할 모양이었다. 나는 아내의 다음 말을 재촉했다.

"무슨 전화야?"

"혹시, 결혼반지나 시계, 만년필, 라이터, 또는 회사의 중요 서류나 수표 등을 잃어버리시진 않으셨겠죠?"

"그야…."

나는 공연히 눈으로 벽에 걸려 있는 양복을 한번 훑끔 쳐다보고는

"다 있지"

라고 대답했다.

"주민등록증도요?"

"그것도 잃어버리지 않았어."

"그렇담 이상하군요. 오늘 아침부터 저런 전화가 벌써 몇 번째인지 모르겠어요. 막연한 느낌이지만 뭔가 크게 잘못되어가고 있는 것 같아요. 여보, 제게 뭔가 숨기고 있는 것 아니세요? 지금 전화한 여자도 분실공고를 보고 전화한 여자라는데, 그게 도대체 무슨 얘기예요? 당신은 분명히 뭘 잃어버린 게 없다고 하는데도 당신이 잃은 걸 갖고 있다고 나서는 여자들은 도대체 뭐냔 말이에요?"

"나도 모르겠군."

나는 10여 년 전의 내 첫 경험을 생각했다. 그녀가 술집 마담

이었던가? 그런 것 같기도 했고 또 그렇지 않은 것 같기도 했다.

"아무래도 이해가 가지 않아요. '신라의 달밤'이니 '분실공고'니 당신 요즘 참으로 이상해요. 이러다간 정말 나까지 이상해지고 말겠어요."

아내의 얘기는 또다시 울리기 시작한 전화벨 소리에 의해 중단되었다. 경끼 든 아이처럼 울어대는 전화벨 소리는 쉬 그칠 것 같지 않았다 나는 아내가 어서 저 시끄러운 전화를 달래주었으면 하고 잔뜩 화났을 아내를 쳐다보았지만 방금까지 있던 아내는 보이지 않았다. 별안간 어딜 갔을까? 방문을 연 흔적도 없는데 아내는 어딜 간 것일까? 아내를 찾아 두리번거리다가 나는 퍼뜩 꿈에서 깨어났다.

사위는 고요하고 방엔 달빛 몇 움큼 뿌려져 있었다. 밤은 꽤 깊은 것 같았다. 내처 열대여섯 시간은 족히 잔 모양이었다.

꿈치고는 참 지랄스런 꿈이었다.

꿈속에서 듣던 전화벨 소리가 꿈 밖에까지 따라나와 응접실에서 계속 울어댔다.

아내는 곤한 잠에 빠져 있는 것 같았다. 할 수 없이 나는 응접실로 나가 수화기를 들었다. 그러자 수화기 속에서 아주 다급한 여인의 목소리가 샤워기에서 물이 뿜어져 나오듯 한꺼번에 쏴아 쏟아져 나왔다.

"닥터 김. 왜 그렇게 전화를 안 받으셨어요? 지금 진통이 시작되고 있는데 3분 간격으로 아랫배가 아파와요. 너무너무 아파서 곧 아기를 낳을 것 같아요. 지금 앰뷸런스를 어서 보내주세요. 닥터 김."

다시 진통이 시작되는지 얘길 하던 여자의 신음 소리가 수화기 저쪽에서 전선을 타고 꾸역꾸역 넘어오고 있었다.

그 소리는 듣는 이의 피를 한꺼번에 역류시킬 만큼 처절한 고통의 소리였다. 나는 그 소리를 끝까지 들어냈다. 그리고 여자가 다시 닥터 김을 찾을 때에 알려주었다.

"여긴 산부인과가 아닙니다."

나는 수화기를 내려놓고 이마에 맺힌 진땀을 닦아냈다.

다시 이불속으로 기어들어가서도 나는 방안 가득히 배어든, 짜면 눈물이라도 왈칵 쏟아질 것 같은 교교한 달빛에 어렴풋이 드러나는 유리컵이며 담배갑이며 재떨이며의 윤곽을 멍한 상태로 가늠하다가 자리에서 일어나 담배를 찾아 물고 성냥을 그어댔다.

순간, 조금씩 보이던 방안의 소도구들이 한꺼번에 내 망막에서 사라져버리며 아내의 졸음 섞인 음성이 들려왔다.

"여보, 또 신라의 달밤이 들리세요?"

나는 황급히 담배와 성냥을 팽개치고 자리에 누웠다. 그리고 대답했다.

"아니, 신라의 달밤은 나타나지 않았어. 그냥 잡시다."

그러나 낮잠을 자서인지 잠은 쉬 오지 않았다. 신라의 달밤과 동정 분실공고의 꿈 사이에 꼭 무슨 연관성이 있는 것 같은, 그러나 그것이 정작 무엇인지 확연하게 짚여지지는 않는 그런 오리무중의 상태가 나를 밤새도록 괴롭혔다.

내가 그 아리송한 꿈에 대한 궁금증을 풀기 위해서는 길거리의 점쟁이 앞에 쪼그리고 앉아 복채를 놓고 기다리거나, 지그문트 프로이트 옹에게 장문의 사신私信을 보내는 방법 등이 있겠지만 나는 그 어느 방법도 택하지 않았다.

전자는 내 궁금증을 풀어주는 대신 아예 의미마저 소각시킬 것이고, 후자는 내 궁금증을 1세기쯤은 고스란히 끌고갈 것이기 때문이었다.

친구 K가 회사에 전화를 걸었다가 제작실의 동료 직원 중의 누구에게 내가 아파서 사흘째 결근이라는 말을 전해들었다면서 찾아왔다. 그가 온 김에 나는 불쑥 그 지랄스런 꿈 얘기를 털어놓았다.

나의 얘기를 다 듣고 난 K는 이렇게 말했다.

"나보다는 자네 쪽과 가까운 분야에 있는 로베르 퀘링인가 뭐 그 비슷한 이름을 가진 친구의 얘기라면서 자네가 10여 년 전에 들려준 얘기가 생각나는군. 우리가 숨 쉬고 있는 공기는 질소와 산소로 광고로 구성되어 있다. 우리는 매일 광고 속을 헤엄쳐 다닌다. 아침에 눈을 떠서 라디오를 켜면 문안을 드리는 것은 바로 광고라고 한 말 말일세. 최근 논문을 준비하는 게 있어서 그 분야의 책을 읽다보니까 거기 그 말이 있더군. 하루 종일 우리를 뒤쫓아다니며 떠나지를 않는 광고는 원소이기는 하나 그 질과 양이 어떠한지, 또 개인 각자가 가지는 체질이 어떠한지, 알레르기 체질인지 아닌지 거기에 따라 약이 될 수도 있고 독이 될 수도 있다고 하네만, 자본주의적 자유경제체제 하에서 이루어지고 있는 이러한 커뮤니케이션 현상은 이제 우리의 감성을 극도로 긴장시키고 혼란시키는 것으로써 그 사회적 기능을 충실히 수행하고 있는 것 같네. 자네가 꾸었다는 그 동정 분실공고의 꿈과 신라의 달밤이라는 환상은 자네가 그 동안 광고의 카피를 쓴답시고 뿌린 무절제한 언어의 혹사 내지는 방출에 대한 스스로의 자각증상일 것이라고 나는 믿고 있네."

"자네, 나를 자꾸 신경성 환자로만 몰고갈 셈인가? 그래야만 속이 시원하겠는가? '신라의 달밤'이 단순한 나의 환상이라고 생각되는가? —좋네. 그래도 할 수는 없네. 그러나 나는 분명히 '신라의 달밤' 소리를 들은 것만은 확실하네."

나는 되도록 흥분하지 않으려고 애쓰면서 얘기했다.

나의 얘길 측은한 표정으로 듣고 있던 K가 다시 말했다.

"전에 가끔 자네와 논쟁을 벌이던 그 '신라'가 어떻게 해서 이제는 '신라의 달밤'으로 바뀌었는지에 대해서는 잘 모르겠지만 아마 '신라의 달밤'의 그 신라도 자네가 학생 때 늘 열을 올리던 신라, 역사적인 재조명이 반드시 필요하다고 주장하던 그 통일신라시대일 것이라는 생각이 드는 것만은 어쩔 수 없네. 우리의 역사책에 기록된 대로의 통일신라를 부정하는 자네의 역사인식은 이제 어떤 강박관념에 사로잡혀 있고, 그것이 점점 어두워지고 있다는 의식이 '달밤'이라는 음성적 개념과 결합되어 '신라의 달밤'을 탄생시킨 것인지도 모르겠네."

나는 고개를 가로저었다. 그리고 말했다.

"어렵군."

내가 다분히 비꼬는 투로 말하자 K는 내 속을 꿰뚫어본 듯 싱끗 웃었다.

"어려운 이 시대에 카피를 쓰며 사는 자네의 죄의식은 동정분실공고로까지 비약하지 않았나. 좀 쉽게 생각하고 쉽게 받아들이는 습관을 기르게."

"…."

내가 대꾸하지 않은 채 가만히 있자 K도 싱거웠던지 얘기를 이렇게 마무리지었다.

"일단 푹 쉬면서 모든 걸 잊어버리도록 하게. 자, 피로할 텐데 좀 눕게나. 늘 신경성 환자에게는 휴식 이외의 더 좋은 처방이 따로 없는 법일세."

창밖으로 내다보이는 한 평 남짓한 하늘은 골난 사람처럼 잔뜩 얼굴을 찌푸리고 있었다.

K는 자리를 털고 일어섰고 나는 그의 지시대로 자리에 누웠다. 니미랄.

가장 신뢰하던 K마저 신라의 달밤을 한낱 환청으로(아니 그는 환청이라는 말 대신 환상이라는 전혀 다른 표현을 썼지만 그것은 나를 더욱 중증환자로 만들려는 의도 외엔 아무것도 아니었다)만 받아들이고 있다는 사실이 나를 참으로 미치고 환장하게 만들었다.

나는 정녕 아내의 진단대로 노이로제 환자가 되어 '신라의 달밤' 소리마저 종국엔 환청에 지나지 않았음을 스스로 시인해야만 할 것인가? 아니다. 도저히 그럴 수는 없는 일이다. 나는 분명히 '아 니기미 시팔이다!'의 발성 형태로 '아 신라의 달밤이다!'라고 외치는 괴성을 들었으며 그것은 나의 모든 걸 걸고서라도 자신 있게 맹세할 수가 있다.

그렇다면 다분히 논리적인 것처럼 느껴지던 K의 얘기도 궤도를 이탈한 우주선처럼 위험천만의 말씀에 지나지 않을지도 모를 일이었다. 이렇게 고쳐 생각하자 나는 다소 막혔던 기분이 풀리는 것 같았다.

K를 배웅하고 돌아온 아내의 모습이 문득 신선하게 느껴졌다.

아내의 머리칼에 묻어 있던 몇 송이 눈이 결 고운 아내의 머리칼 사이에 재빠른 속도로 녹아 반짝, 하며 빛났고, 아내는 석유 스토브의 온기로 머리칼을 말리며 즐겁게 말했다.

"여보! 눈이 와요. 함박눈이 와요. 저 밖을 좀 내다보세요."

나는 누워서도 창밖을 온통 하얗게 덮고 있는 그 눈발을 바라볼 수가 있었다.

"그렇군. 눈이 오는군. 참 지랄스럽게도 쏟아지는군."

아내는 왼쪽으로 고개를 약간 비스듬히 한 채 머리칼을 말리던 그 자세로 그대로 '지랄스럽게도 쏟아지는군'을 음미하듯 잠시 의아한 표정을 짓고 있더니 곧 얼굴을 바로한 채 표정을 바꾸며 외출하자는 새로운 제안을 하나 해왔다.

"여보! 당신 점점 이상해져가고 있어요. 이러다간 정말 큰일 나겠어요. 요 며칠 동안 방구석에만 붙어 있더니 당신 모든 게 다 짜증스러워만 지신 모양인데, 기분 전화도 할 겸 우리 오늘은 함께 외출해요. 네? 보아요. 지금 밖엔 펄펄 함박눈이 내리고 있어요."

말을 마치자 아내는 장롱 문을 열고 외출복을 고르고 있었다.

아내의 제안이 K를 배웅해주면서 느낀 외출에의 강력한 욕구의 표현인지 아니면 진정 나의 건강을 걱정해주는 것인지는 모르지만 나는 가여운 아내의 기대를 저버리지 않기 위해서(라기보다는 아내의 잔소리를 더 이상 듣지 않기 위해서)라도 이쯤에서 그만 아내의 제안을 받아들이기로 작정했다. 방구석에서 아내의 지겨운 눈타령을 듣는 것보다는 오히려 아내의 꽁무니를 따라니며 바람이나 쏘이는 편이, 비록 그것이 건강을 더 악화시키는 일일지라도 편안하리라는 생각이 들었다.

눈 오는 날의 바깥 공기는 참으로 신선한 느낌을 주었다.

지상의 모든 이름 붙여진 사물을 송두리째 덮어버리려는 듯 눈은 쉬지 않고 몇 시간을 맹렬한 기세로 내리 퍼부었다.

마음의 상처가 크고 많고 깊은 사람일수록 눈을 좋아하리라는 생각이 들었다. 눈은 그것이 비록 잠시일망정 모든 부끄러움을 일시에 지우개처럼 깨끗하게 지워주기 때문에 더욱 그러는지도 모른다고 생각했다. 눈은 흡사 아편과 같이 황홀한 아름다움을 주기도 하지만, 그 반대로 아편이 지닌 모든 악성도 동시에 지니고 있는 것 같았다.

아름답게 내려 쌓인 눈이 어느 사이에 녹아 흙탕물이 되어 질척거릴 때는 누구나 자신의 치부를 드러내보이는 듯한 불쾌감을 느끼지 않을 수 없을 테니까 말이다.

나는 아내가 병적일 정도로 눈을 좋아하는 이유를 그런 쪽으로는 생각하고 있지 않지만, 결혼 생활 5년 동안 아직 우리 사이에 어린애가 없다는 사실에 대해서는 혹시 아내가 마음의 상처를 크게, 깊게, 많이 받았는지도 혹 모를 일이라고 생각했다.

을지로 쪽은 교통이 완전히 마비된 상태였다. 백여 미터를 늘어선 차들의 행렬을 힐끔거리며 아내는 을지로 지하도 입구에서 잠시 걸음을 멈추었다.

"밖에 나오길 잘했다는 생각이 아직도 안 드세요?"라는 아내의 질문에 나는 정직하게

"응. 유감스럽게도 아직 그런 생각이 안 드는군" 하고 대답하지는 않았다. 그저 지금 몇 시쯤 됐느냐?는 질문을 받았을 때처럼 시계를 들여다보았다. 시계는 오후 7시에서 5분이 지나 있었다.

나는 대답했다.

"벌써 7시 5분이로군."

아내는 내가 엉거주춤 들고 있는 우산을 받아 접고는 지하도 입구 시멘트 바닥에 툭툭 몇 번 털어대다가 다시 건네주면서 벌써 그렇게 됐느냐는 듯

"그럼 우리 저녁 먹어요. 명동칼국수를 먹어본 지도 참 오래 되었잖아요"라고 말했다.

우리는 지하도를 건너 붐비는 인파 속에 섞여 명동으로 흘러 들어갔다.

오랜만에 와보는 명동칼국수집은 아래층이나 위층이나 모두 앉을 자리가 없을 정도로 꽉 차 있었다. 우리는 식사가 다 끝나 가는 아래층의 한 구석 테이블 곁에 서서 잠시 기다렸다가 겨우 의자 두 개를 차지할 수 있었다. 우리는 음식을 주문했다.

식당 내에는 앉아서 식사를 하는 손님과 그들이 일어설 때를 곁에 붙어 서서 기다리는 손님들로 하여 일대 혼잡을 빚고 있었다. 그와 같은 혼잡이 실은 명동의 칼국수 맛을 더욱 맛답게 만들어주는 조미료의 구실을 하고 있음을 그때서야 나는 겨우 깨달았다.

우리가 칼국수집에서 땀을 뻘뻘 흘리며 저녁식사를 끝낸 후 밖으로 나왔을 때는 이미 눈발이 그쳐 있었다.

우리는 이별을 앞둔, 그래서 시간이 너무도 아까와 못 견뎌하는 그런 연인들처럼 공연히 가슴 조이며 다방으로, 생맥주집으로, 튀김집으로, 음악감상실로 이리저리 참 열심히 싸돌아다니며 먹고 마시고 듣고 말하고 했다.

지하도를 건너기 전에 아내가 물었던 질문에 뒤늦게라도 "당신 말대로 밖에 나오길 잘했다는 생각이 이제야 드는군" 하고 대답하고 싶어질 정도로 나는 유쾌한 기분이 들었다.

아내는 자연스럽게 내 팔짱을 끼고 걸으면서 조용히 소근거렸다.

"연애시절이 생각나요."

감상에 젖은 아내의 솜털처럼 부드러워진 음성이 귓속을 파고들었다.

"내게도 당신의 음성이 그런 걸 느끼게 해주는군."

나는 문득 연애시절을 더듬고 있을 아내의 표정을 보고 싶었다. 그러나 내가 고개를 쳐들었을 때 내 눈에 들어온 것은 아내의 수줍어하는 표정이 아니라, 허공에서 불을 물고 달음질하는 수많은 광고의 네온사인들이었다. 나는 고개를 떨구고 말았다.

길은 미끄러웠다. 행인들은 모두 술 취한 사람처럼 비틀거렸고 을지로 쪽의 교통은 여전히 마비된 상태였다.

아니 마비된 것은 교통뿐만이 아니었다.

통금이 가까워진 시각에 집에 도착하면서부터 다시 그 밝았던 감정이 굳어지기 시작한 나와 아내와의 기묘한 감정의 교류 역시 마찬가지였다.

집 앞의 골목을 접어들었을 때 부닥뜨린 방범대원 차림의 한 사내에게 아내가 무심코 건넨 '밤마다 수고 많으세요'라는 인사말 한마디가 불현듯 '신라의 달밤'을 연상시켜 나의 기분을 온통 어둡게 만들었고, 나의 그런 기분은 고스란히 아내에게로 다시 전달되어 우리 사이의 감정은 을지로 쪽의 교통처럼 완전히 차단되어버린 것이다.

"우리 동네 윤 씨예요. 참으로 착한 분이고요. 방범대원 봉급 몇 만 원으로 다섯 식구가 함께 살아요."

나는 아내의 음성이 균형을 잃고 불안하게 흔들리고 있음을 느꼈다. 그것은 이미 아내가 흥분을 견디기 힘든 정도까지 와 있다는 증거였다.

"용하군 그래."

나는 내뱉듯 뇌까렸다.

"낮에는 노동판에서 일하고 밤에는 방범 일을 보는 착한 윤 씨를 동네사람 누구도 당신처럼 그렇게 무관심하게 대하진 않아요. 사람과 사람이 만나서 인사를 나누는 것처럼 지극히 자연스러운 일에도 당신처럼 신경을 곤두세우지는 않는단 말이에요."

아내의 음성엔 이제 울음기가 완연하게 배어 있었고, 나는 가슴이 답답해져왔다.

"당신, 나와 K와 저 방범대원 이렇게 셋 중에 누가 당신에게 중요하다고 생각해?"

나는 밤마다 나를 괴롭히는 신라의 달밤과 동정 분실공고와 그리고 회사를 발칵 뒤집은 나의 카피 '당신은 이제 푹 쉬어야 합니다!'의 실패 등에 대한 모든 절망적 몸부림이 아내에게 이

따위 요령부득의 질문으로 나타나는 바람에 스스로도 깜짝 놀랐다.

아내는 어린아이처럼 도리질을 하며 두 손으로 얼굴을 감싸 쥐었다. 아내의 예쁜 손가락 사이로

"너무 피곤해요. 정말 피곤해요. 당신의 의처증을 더 이상 견딜 수가 없어요"

라는 말들이 눈물에 젖은 채 튀어나왔고, 나도 절망적인 감정에 젖은 채 자리에 주저앉았다.

아내는 선 채로 한동안 석고처럼 움직이지 않고 무엇인가를 골똘히 생각하고 있었다.

나는 줄담배를 피웠다. 그렇게 침묵이 흘렀다.

나는 세 개비째의 담배를 붙여 물고 거덜이 난 빈 담배갑을 구겨 웃목에 있는 휴지통을 향해 힘껏 던졌다. 그 탁구공만 한 크기로 동그랗게 구겨져 날아간 빈 담배갑은 휴지통의 한 모서리에 부딪히며 '피잇' 하는 비음에 가까운 소리를 낸 후 방 왼쪽 귀퉁이로 떼그르르 굴러갔다. 순간 아내가 신경질적으로 홱 얼굴을 돌려 나를 노려보았다. 나는 아내의 그 눈을 보는 순간 가슴이 서늘해졌다. 아내의 큰눈은 일시에 흰자위뿐인 탁구공이 되었다 그 눈은 여지껏 내가 보아온 아내의 눈이 아니었다. 어쩌면 그것은 5년 동안 보아내지 못했던 아내의 또 다른 눈이었는지도 모른다.

어쨌거나 나는 사람의 인상에 있어 눈이 차지하는 비중이 이

토록 지대하리라는 생각은 일찍이 한번도 가져본 적이 없었던 것이다.

아내의 눈에서는 냉장고의 얼음 얼리는 칸에서처럼 서늘한 공기가 뿜어져나왔다. 그 시선이 가닿는 모든 사물은 그대로 냉동되어버릴 것 같았다.

아내는 얼음같이 차가운 음성으로 말했다.

"우리 이혼해요"

그 말은 얼음처럼 튀어나와 내 이마를 때렸다.

나는 이마가 얼어가는 것 같았다.

'이혼?' 하고 나는 반문할 힘도 없었다.

나는 깨질 듯한 이마를 움켜쥐고 밖으로 뛰쳐나왔다. 그러자 호흡이 조금 자연스러워지고 이마의 통증도 제법 가셔가는 것 같았다. 나는 걸었다. 처음 방범대원과 맞닥뜨렸던 골목 어귀의 구멍가게도 이젠 문을 닫으려는 듯 주인 남자는 아라비아 숫자로 순서가 매겨진 가게 덧문의 어느 하나를 들어올리고 있었다. 포수에 쫓기는 사슴처럼 내가 급작스럽게 가게로 뛰어들자 주인 남자는 들어올렸던 덧문을 내려놓은 채 멍청히 나를 쳐다보고만 있었다.

내가 두 홉짜리 소주 한 병을 선 채로 몇 입에 다 비우고 나서야 주인은 퍼뜩 제 정신이 돌아온 듯싶었다.

"선생님, 사모님과 다투셨나 보지요?"

하고 어정쩡한 인사를 건넸지만 나는 호주머니에서 백동전 몇 닢을 꺼내놓았을 뿐 그에게 아무런 대꾸도 하지 않은 채 휘청거리며 가게를 걸어나왔다. 그리고 집과는 정반대편 쪽 골목길을 향하여 발길을 옮겨 걸었다. 시간은 이미 통금이 훨씬 지나 있었지만 나는 무작정 걷고 또 걸었다.

골목이 거의 끝나가는 지점까지 와서도 나는 전혀 방범대원이나 순경 등이 무섭지 않다는 생각이 들었는데, 그것은 참으로 이상한 현상이었다. 어쨌거나 나는 이제 눈에 보이지 않는 그 무엇인가로부터의 끝없는 추격에서 완전히 벗어난 그런 기분이었다. 내일 당장 회사로부터 권고사직 통보가 날아온다 하더라도 나는 놀라지 않을 것이다.

나는 전혀 괴로움이나 고통스러움 또는 불안이나 초조함을 느끼지 않았다. 아니 그러기는커녕 오히려 내 생애에 최초로 어떤 편안함마저 느끼는 것이었다. 나는 그런 편안한 마음으로 어둠 속에서 간혹 드러나는 집들의 뼈를 감상하곤 했다. 집 장사꾼들이 지어놓은 주택가여서 집들의 구조가 거의 비슷비슷했고 담들도 엉성했다. 나는 그 중의 어느 한 집에서 흘러나오는 조명등 불빛에 빨려들듯 이끌려가서 걸음을 멈추고 창가에 귀를 기울인 채 간간 흘러나오는, 오순도순 속삭이는 부부의 음성을 듣고 있었다. 순간 나는 전혀 예기치 못했던 사태를 만났다. 내가 그 창문에 대고 온힘을 다해 목청껏 '신라의 달밤~'을 외쳐댄 것과, 방안의 여자가 자지러질 듯 비명을 지른 것과, 창문이

와장창 깨지듯 열린 것은 거의 같은 순간의 일처럼 내게는 느껴졌으나, 나는 어느 틈에 담장 아래 다리를 뻗고 주저앉아 있었고 내 머리 위로는 살의를 느낀 동물이 겁에 질려 내지르는 듯한 울부짖음이 지나가고 있었다.

"거 누가 매일 이렇게 오밤중에 사람 잠도 못 자게 떠들고 다녀!"

누구의 손에 의해서인지 잠시 후 창문이 닫혔고, 나는 궁둥이에 묻은 물기를 툭툭 털어내고 서서히 골목을 빠져 나오면서 '신라의 달밤~' '메밀묵 사려~'의 묘한 음조에 맞추어 '신라의 달밤~♬' '신라의 달밤~♬' 하며 누가 일부러 가르쳐준 것도 아닌 그 노래를 아무런 힘 안 들이고 유유히 불러제치며 걷고 있었다.

거울

아침 출근 무렵이었다. 아내가 여느 때와는 다르게 배의 통증을 호소해왔다.

“갑자기 배가 심상치 않게 아파와요. 아직 출산 예정일은 며칠 더 남았는데….”

평소 만삭이 다 된 임산부답지 않게 설치며 밥하고 빨래하고 집안 청소까지 다하면서도 그 흔한 파출부 타령이나 아프다는 말 한마디 없었던 아내였다.

나는 화장대 거울 속에서 눈으로 아내를 찾았다. 아내는 방바닥에 주저앉은 채 두 팔을 뒤로 뻗어 침대에 걸친 자세로 가쁜 숨을 어깨로 몰아쉬고 있었다.

넥타이를 목에 두른 채 나는 문득 불안한 생각이 들었다.

“김 박사한테는 연락했어?”

“아뇨.”

아내는 고개를 힘없이 가로저으며 말을 이었다.

"당신 출근한 후에 한번 직접 가보려고 해요. 어쩌면 그냥 입원을 하게 될는지도 모르니까 당신 오늘은 조금 일찍 병원으로 퇴근 좀 해주세요, 네."

아내는 침대에 걸쳤던 팔에 힘을 주면서 기신기신 일어서더니 내 등 뒤로 다가와 두 팔로 내 허리를 깍지껴 안았다. 어깨 쪽에 아내의 얼굴이 느껴졌다.

"그래, 그럴게. 너무 걱정하지 마. 괜찮을 거야."

내가 거울 앞에서 넥타이의 매듭진 부분을 목젖까지 밀어올린 바로 그 순간이었다. 나는 아내를 위로해주기 위해 바로 그렇게 대꾸하려고 했다. 그런데 그 말이 입 밖으로 발음되어지지 않고 머릿속에서만 뱅뱅 맴을 돌고 있는 것이었다.

'그래. 그럴게. 너무. 걱정하지 마. 괜찮을 거야.'

이 다섯 마디의 말은 내가 아무리 밖으로 밀어내려고 애를 써도 뒤죽박죽 뒤섞여 내 목구멍에 저마다 깊은 뿌리를 내린 듯 완강하게 버티고 있는 것이었다. 이럴 수가…. 나는 당황하지 않을 수 없었다.

말이 어느 날 갑자기 이렇게 입에서 발음되어지질 않는다는 것이 과연 있을 수 있는 일일까? 느닷없는 말의 반역에 놀란 나의 표정이 그대로 거울에 비치고 있었다. 눈의 동공은 갑작스럽게 밀어닥친 공포로 크게 확장되었으며 얼굴의 근육은 뻣뻣하게 굳어갔고 입술은 반쯤 벌어져 있었다. 그 반쯤 벌어진 입 속에서는 오직 혀끝 하나만 살아 꿈틀거렸다. 주인의 뜻을 따르려는 혀의 안간힘은 끝까지 그 말을 만들기 위해서 꿈틀거림을 포기하지 않았지만, 그 맥없는 혀의 꿈틀거림이 하나의 말이 되기엔 어림도 없는 일이었다. 혀끝의 힘만으로는 아무 소리도 입 밖으로 발음해낼 수가 없었던 것이다.

그 순간 뇌리에 '벙어리'라는 단어가 떠올랐다. 아무리 말을 하려고 해도 어버버…. 밖에는 발음해내지 못하는 사람처럼 나도 이젠 꼼짝없이 벙어리가 되고 말았구나 하는 두려움과 절망감이 동시에 느껴졌다.

그것들이 모두 사실이었구나. 나는 앞서 있었던 두 번의 긴가민가했던 어설픈 사건들까지도 이와 똑같은 증세가 분명했었다는 판단을 내렸다.

내게 이러한 증상이 처음 왔던 것은 보름 전 회사의 화장실에서였는데, 그날은 아침부터 신문사와 동판집에서 전화로 아우성을 치더니 나중에는 숫제 양 실장까지 앞세우고 카피실로 쳐들어와 공갈과 협박과 안달을 했다. 원래는 제작실에서 근무했던 내가 지난해 어느 날 갑자기 양 실장이 부임해오는 바람에 제작실 끄트머리에 칸막이를 치게 됐고 나는 카피실이라고 이름붙인 그 밀폐된 구석방으로까지 유배를 당한 꼴이 됐다. 이곳에서 명색이 부장인 나는 제작실의 그 많은 부하직원들을 모두 양 실장에게 넘겨주고 미스 오 한 사람만 데리고 카피 쓰는 일 한가지만을 해왔던 것이다. 그러니까 몸이 달아도 그들보다는 카피가 써지지 않는 내 쪽이 더 달 일이었다. 더욱이 광고대행사의 신뢰도란 거래처와의 약속 이행에 있었기 때문에 카피가 안 되어서 광고가 펑크가 났다는 것은 카피라이터인 나로서는 도저히 참아낼 수 없는 일이었다. 사무실 분위기가 험악해지자 미스 오가 그들을 모두 방에서 내보냈다. 만약 그들이 조금만 더 버텼더라도 카피는커녕 3평 반짜리 칸막이 안쪽은 온통 피바다가 되었을는지도 몰랐다. 그만큼 나의 신경은 극도로 날카로워져 있었다. 그런데 그날의 광고라는 게 뭘 별로 어려울 것도 까다로울 것도 없는 아주 평범한 것이었다. 새로 나온 무좀약 광고 문안을 쓰는 것이었는데, 다른 일에 밀려서 하루 이틀 지나다보니까 석간신문에 8단통 광고를 잡아놓은 바로 당일이 되어버린 것이었다. 그날 광고는 지방판 인쇄가 돌아가기 바로 직전까지 동판을 윤전기에 가까스로 걸 수 있었으니 다행히 펑크만은 면했지만, 그날 자기 직원들의 가슴을 죄게 하고 발에 땀이 나게 했다는 이유로 양 실장은 언제 터질지 모르는 커다란 자동차 타이어만 한 불만을 가슴에 품게 되었는지도 몰랐다. 어쨌거나 그날 나는 카피를 제작실로 넘기면서 공장 화장실로 달려갔었다. 산다는 게 뭔지, 오줌 눌 시간도 없이 매일을 이렇게 헤맨다는 것이 왠지 억울하게만 생각되었다. 그러면서 거울을 쳐다보았다. 그런데 내가 중얼거린 '산다는 게 뭔지'는 입 밖으로 발음이 되어지지 않았다. 나는 다시 한번 그 말을 발음하려 했지만 결과는 역시 마찬가지였다. 그 말은 입 속에서 도무지 밖으로 나갈 생각을 하지 않고 있었다. 그러나 내가 세 번째 그 말을 다시 발음했을 때 의외에도 '산다는 게 뭔지'는 명쾌하게 발음이 되어 밖으로 튀어나왔다. 그래서 나는 그때의 그 사건을 아주 간단히 생각해버리고 말았었다. 시간도 5초에서 10초밖에는 안 걸렸으므로 너무 신경이 예민해져 있다가 긴장이 일시에 풀어지면서 흔히 생길 수도 있는 그런 가벼운 증상쯤으로 생각했던 것이었다.

그리고 내가 두 번째 그런 증상과 만난 것은 그로부터 한 주일이 지난 후였는데 장소는 회사에서 두 블록쯤 떨어져 있는 크리스탈이라고 하는 지하 살롱이었다. 그날은 제작실 직원들의 단합대회가 있었는데, 방은 달랐지만 카피라이터인 나와 미스 오도 제작실 소속이었으므로 그 장소에 참석해서 술을 마셨었다. 술을 한참 마시다가 양 실장이 먼저 일어섰다. 사장님 호출이라면서 잠깐 다녀오겠다고 나간 양 실장은 몇 시간이 지나도 끝내 돌아오지 않았다. 그래서 결국 차석인 내가 생색도 없는 단합대회의 술값을 계산하기 위해 카운터로 가서 대리 사인을 할 때였다. 계산서에 적혀 있는 금액은 내 한 달 봉급의 30퍼센트가 넘어 있었다. 나는 계산서를 뒤집어서 내 이름과 날짜를 기입한 후 거울을 등지고 카운터 안쪽에 앉아 있던 마담에게 넘겨주면서 투덜거렸다. 제기랄, 어? 그런데 그 '제기랄'이란 말은 입 속에서 맴만 돌고 있을 뿐 밖으로 발음되어져 나오지 않았다. 나는 다시 한번 그 '제기랄'이라는 말을 발음하기 위해 혀를 움직여보았지만, 혀끝은 입속에서 ㅈㅈㅈ… 하며 맥없이 흔들거릴 뿐 입 밖으로, 그 말을 완전한 발음으로 밀어내지는 못했다. 그때 요염한 눈빛을 빛내며 5캐럿짜리 다이아가 끼어져 있는 화려한 손으로 사인지를 끌어당긴 마담이 말했다.

— 이 부장님 너무했어요.

나는 답답했다. 지금 마담의 그따위 투정은 문제가 아니었다. 나는 '제기랄'이란 말부터 우선 밖으로 발음해내야 했기 때문이었다. 그런데 그 말은 발음이 되어지지 않았고 나는 이마에 식은땀이 솟았다. 마담의 말이 이어졌다.

— 스스로를 사기꾼이라고 고백한 유명한 비디오아트가 만든 '바이바이 키플링'에선 동서양이 서로 술 한 병을 가지고 한 잔씩 따라 나눠 마시는데, 우린 이게 뭐예요. 두 블록밖에 떨어져 있지 않는 가까운 거리에서 술 한잔 마시기 위해 몇 달을 기다려야 하니…. 언제쯤 술 한잔 따라주실 거예요?

바로 그때였다, 내가 '제기랄'이라는 말을 겨우 입 밖으로 발음해내는 데 성공한 것은, 그러나 그때까지만 해도 나는 이 실어증 증세를 그렇게 심각하게는 생각하지 않았었다. 왜냐하면 화가 났을 때는 갑자기 말이 나오지 않을 수도 있다는 말을 간혹 들었고, 술도 어지간히 취해 있었으며, 시간도 20초에서 30초밖에는 걸리지 않았기 때문이었다.

그런데 오늘 세 번째의 증상은 앞의 긴가민가 했던 두 번의 증상과는 여러 가지로 다르게 느껴졌다.

무엇보다도 오늘은, 비록 밤새 악몽에 시달리긴 했어도 집에서 수면을 충분히 취한 후의 아침 출근시간이라는 점과, 술도 취하지 않았다는 점이 앞서의 그런 증상과는 비교도 할 수가 없었던 것이다. 그리고 또 하나 다른 것은 실어증이 지속된 긴 시간대였다. 처음은 5초에서 10초 사이였고, 두 번째는 20초에서 30초 사이였던 데 비해 오늘은 벌써 1분이 지나 2분대에 가까워지면서 문제의 심각성을 내게 일깨워주고 있는 것 같았다.

지금 이렇게 내가 겪고 있는 이 기이한 신체 이상현상을 전문적인 의학용어로는 뭐라고 명명하는지를 나는 알지 못한다. 아니, 설사 안다고 하더라도 그것은 별로 중요한 일이 아니었다. 내게 중요한 것은 이러한 증상이 왜 내게 생겼으며 어떻게 치유할 수 있는가일 뿐이었다.

내 어깨에 얼굴을 기대고 있던 아내가 거울에 얼굴을 나타냈다. 거울 속에서 나와 눈이 마주치자 아내는 깜짝 놀라서 소리쳤다.

"아니? 여보…!"

"…."

"넥타이를 그렇게 꽉 졸라매면 숨은 어디로 쉬어요?"

아내는 거울과 내가 마주 서 있는 좁은 공간으로 만삭의 배를 안고 비집고 들어서면서 내 앞에 섰다. 아내는 내 넥타이를 바로 매주기 위해 두 손을 뻗어 내 목에 건 넥타이 끈을 잡아 조금 느슨하게 만들어주었다.

바로 그때였다.

"그래, 그럴게. 너무 걱정하지 마. 괜찮을 거야."

나의 이 말은 결국 타이밍을 놓쳐 '숨은 어디로 쉬느냐?'는 질문에 대한 엉뚱한 답변이 되고 말았지만, 그나마 벙어리가 되지 않고 다시 말을 할 수 있게 되었다는 것만으로도 나는 안도의 숨을 입으로 길게 내쉬었다. 그리고 '숨은 입으로 쉰다'고 말하려다가 그 말이 또다시 입 밖으로 발음되어져 나오지 않으면 어쩌나 하는 불안감 때문에 일단 입속에서 먼저 그 말을 한번 중얼거려본 다음 그 말을 밖으로 밀어냈다.

"숨은 입으로 쉬지."

나의 대답에 아내는 두 손을 자기의 히프 쪽으로 옮겨대며 피식 웃었다.

나는 서둘러 양복 상의를 걸치고 밖으로 나왔다. 현관까지 따라나온 아내가 등 뒤에서 다시 한번 다짐했다.

"퇴근은 병원으로 하세요, 네."

나는 알았다는 표시로 아내에게 손을 흔들어주고 곧장 버스 정류소를 향해 걸었다. 걸음을 옮기면서 나는 처음 말을 배우는 어린아이처럼 시야에 들어오는 모든 사물의 이름들을 한 가지씩 입속으로 중얼거려 보았다.

'저것은 맑은 하늘이다.'

'이것은 조국의 흙이다.'

'저것은 아파트다.'

'이것은 돌멩이다.'

'이것은 가로수다.'

나는 가로수를 지나며 숫자도 세어보았다. 한 그루, 두 그루, 세 그루, 네 그루, 다섯 그루….

아무 이상이 없었다. 입속으로 중얼거려본 그 말들은 모두 정확히 입 밖으로 조그맣게 발음이 되어지고 있었다. 그렇다면 오늘의 그 길었던 실어증은 과연 무엇일까. 앞서 있었던 짧았던 두 번의 실어증과는 어떤 관계가 있는 것일까. 하고많은 사람들 중에서 왜 하필이면 내게만 그러한 증세가 오는 것일까. 왜 발음이 안 됐던 것일까. 왜 말이 안 됐던 것일까. 왜?

나는 끊임없이 그 이유를 생각해보았지만 회사에 출근해서 사무실의 내 자리에 앉을 때까지도 그 명확한 이유를 알아내지 못했다.

오줌 눌 시간도 없이 늘 시간에 쫓겨가며 나는 바쁘게만 살아왔다. 광고 카피를 써대느라고 밤을 반짝반짝 새우기도 했고, 안 나오는 몇 줄의 카피를 뽑아내기 위해서 아둔한 머리를 끊임없이 쥐어짜면서 나는 10년 세월을 보냈지만, 그것이 오늘의 실어증 원인이 될 수는 없는 일이었다. 분명히 다른 어떤 이유가 있을 것이었다. 그러나 그것이 무엇인지를 나는 끝내 알아낼 수가 없었던 것이다.

"이 부장님, 뭘 그렇게 골똘히 생각하세요? 바쁜 일은 어제 오전에 다 마무리 지으셨잖아요."

젖가슴이 유난히 불룩한 미스 오가 자동판매기에서 우유를 한 컵 뽑아 책상 위에다 조심스럽게 올려놓으면서 그렇게 말했다.

"응, 고마워. 미스 오도 한 잔 하지 그래."

내가 실어증의 매듭을 찾던 머리를 흔들며 종이컵을 들어올리자 미스 오도 자기 책상으로 걸어가서 이미 뽑아다놓은 종이컵을 번쩍 들어올려 보였다.

"네, 여깃어요. 부장님, 건배해요. 이 유배지에서 오늘도 무사히…."

그런 미스 오를 쳐다보며 나는 미소를 짓지 않을 수 없었다.

"저도 이 부장님처럼 이젠 우유로 바꿀까봐요. 요즘 커피를 너무 마셔서 그런지 밤마다 잠이 안 와서 아주 미칠 지경이에요. 참, 여기서의 '미칠'은 아름다울 미美에 나올 칠兆의 미칠이에요."

"그런 뜨거운 처녀가 뜨거운 우유를 마시면 이불 세탁하는 사람이 더 미칠 거야. 나를 입주 가정교사로 한번 채용해봐. 남녀 체온의 가·감·승·제법은 단기 완성…."

나는 습관처럼 주절거리다가 깜짝 놀랐다. 다른 때는 전혀 의식하지 못했던 농담에 대한 반성이 들었고, 그것은 그간 무책임하게 사용해온 언어에 대한 일종의 자각증상 같은 것이었다.

"이 부장님, 많은 저능아들이 요즘 '착각은 시계소리'고 '망상은 해수욕장'이라고 하던데, 어쩌죠? 저는 이 추운 날씨에 해수욕장에 가서 수영복 차림으로 부장님을 기다릴 수는 없으니 천상 그렇게라도 부장님을 집으로 모시는 수밖에…."

나는 입을 다물었지만 미스 오가 수영복을 입은 모습은 매우 육감적일 것 같다는 생각을 잠시 했다. 섹시하고 명랑하고 조금은 수다스럽지만 그것이 전혀 경박스러워 보이지는 않는다는 데에 그녀의 매력은 있었다. 불면증 때문에 커피를 이젠 그만 마셔야겠다고 입으로 말하면서도, 여전히 신선한 카피를 쓰기 위해서는 발음이 비슷한 커피를 마실 수밖에 없다는 그런 여자였다.

그녀가 '모던기획'에 입사한 지는 1년도 채 안 되었지만 전임자보다, 아니 때로는 10년을 넘게 이 일에 종사해온 나보다도 더 센스 있게 일을 처리할 때가 종종 있었다.

그녀는 예민한 감수성, 날카로운 분석력, 풍부한 구성력을 고루 갖춘 천부적인 카피라이터였다. 그녀의 언어에 대한 민감한 반응과 상품에 대한 특이한 접근방식과 새로운 발상은 매우 독특한 카피를 만들어냈지만, 한가지 아쉬운 것은 소비자에게 전달되어지는 진실한 메시지가 없다는 점이었다. 그녀의 카피는 탁구공처럼 너무 탁탁 튀어서 진실이 자리잡을 공간이 비좁다는 흠은 있었지만, 판매에서는 오히려 그런 것들이 대체적으로 성공하고 있었기 때문에 그녀가 매우 유능한 카피라이터라는 데에는 아무도 이의를 제기하지 않았다.

특히 오양물산五佯物産의 모든 광고물들을 모던기획에서만 대행할 수 있게끔 된 것도 따지고보면, 오양물산 사장이 미스 오의 고모부뻘이 된다는 그런 인척 관계보다는 미스 오의 반짝이는 그런 재능 덕분이었다.

그녀는 입사 3개월 만에 오양물산의 신제품인 브래저를 놓고 그것을 어떻게 광고할까로 고심하고 있던 나를 놀라게 했던 적이 있었다. 나는 그때 시장조사표와 제품분석표를 놓고 타사 제품과의 차이점을 분석하고 있었다. 그러나 아무리 거듭 들여다보아도 이 정도의 품질로서는 현재 의류시장을 온통 점유하고 있는 ㄷ ㅅ ㅂ ㄴ 등 4대 메이커에서 만들어내는 브래저 제품을 도저히 앞지를 수가 없었다. 디자인에서부터 색상·바느질까지가 모두 그 모양이었다. 그때 미스 오가 엉뚱한 얘길 던져왔다.

— 이 부장님, 모나리자의 미소 보셨어요?

— …?

모나리자의 미소가 왜 튀어나왔는지 몰라 잠시 어리둥절해 있는 내게 미스 오가 모나리자의 미소보다는 조금 섹시한 미소를 띠며 다시 물었다.

— 모나리자의 젖가슴 보셨어요?

나는 그때서야 아차! 싶었다.

— 모나리자에게 그 오양물산의 브래저를 한번 입혀보면 어떨까요?

그렇다. 미스 오의 말은 모나리자의 미소에 반한 세상 모든 사내들의 눈길을, 보이지 않는 자신의 젖가슴에 가두어두고 싶어하는 모든 여성들의 심리를 묘하게 자극시키는 말이 아닐 수 없었다.

결국 모나리자에게 브래저를 입히게 한 미스 오의 기발한 착상은 '모나리자의 젖가슴 보셨어요?'라는 헤드라인을 만들었고 '모나리자의 미소는/ 인류를 아름답게/ 사회를 아름답게/ 여성을 아름답게'라는 보디카피를 낳았다. 이렇게 엉뚱한 보디카피는, 보디카피가 헤드라인을 받쳐주는 기능을 해야 한다는 광고학의 통념을 과감히 깨뜨려버린 것이지만, 모나리자의 미소가 '인류→사회→여성→자신의 아름다움'으로까지 귀착되는 캐치플레이즈는 아름다워지고 싶어하는 모든 여성의 욕망에 은근히 묵시적 불길을 댕긴 셈이었다. 더욱이 카피는 '우리에게 모나리자의 미소가 끝없이 아름답고 신비하게 보이는 것은 바로 우리의 가슴에 모나리자 브래저를 하고 있기 때문입니다'라고 여성의 미적 감각에 대한 자존심을 적당하게 주물러놓았기 때문이었다.

제작실로 넘겨진 이 카피는 화장을 하고 신문·잡지·라디오·텔레비전을 통해 전국적으로 퍼져나갔다. 그때까지 4대 메이커 제품과 기타 군소업체에서 생산해낸 제품들이 군웅할거하던 브래저 시장의 아름다운 자유경쟁의 밀월시대는 서서히 막을 내리고 새로운 1인통치시대로 접어들기 시작했다. 모나리자 브래저가 시장 점유율 90퍼센트라는 놀라운 신기록을 수립했던 것이다.

은은한 미소를 짓고 있는 여성은 물론이지만 음흉한 미소를 짓고 있는 남성들까지도 서로 모나리자 브래저를 하지 않았느냐는 농담이 오갈 정도였다. 모나리자는 마침내 브래저의 통합 상표로 굳어졌다. 이렇게 해서 재미를 본 오양물산은 자사의 잡다한 다른 제품들까지도 모두 모던기획에 맡겨 그런 스타일의 광고를 요구했고, 나와 미스 오는 그 요구에 충실히 따라주었던 것이다.

어제 오전에 끝낸 마스크 광고까지를 포함한다면 우리 일의 30퍼센트 이상이 오양물산의 그런 너절한 광고가 차지해온 셈이었다. 미스 오가 출근하자마자 말했던 '어제 오전에 마무리 지은 바쁜 일'이란 바로 그 마스크 광고 전략과 카피에 쏟은 내 우직한 열성에 대한 미스 오의 증언에 다름아니었다.

마스크 광고 전략을 수립하기 위해 나는 이틀 동안 잠 한숨 자지 못하고 괴로워했다. 내가 카피를 쓰기 위해 생각하다가 처음 부딪친 고민은 바로 마스크가 양품점이나 의류판매점이 아닌 약국에서만 판매되고 있다는 사실이었다. 그것은 마스크가 브래저나 스타킹이나 팬티, 또는 손수건이나 모자나 장갑 따위와는 전혀 다른 개념의 의학용품의 일종이면서도 엄밀한 의미에서는 의학용구도 의약품도 아니라는 데 문제가 있었다. 그러면서도 마스크는 약국에서만 판매되고 있는 입마개 또는 입덮개였다.

나는 누가 마스크를 사용하는가부터 조사해보았다. 수술실에 들어가는 의사와 간호사가 있었지만 그들은 수술실에 들어갈 때만 착용했기 때문에 그 소비 숫자란 별게 아니었다. 그러니까 마스크의 주고객은 감기환자일 터였다. 감기환자가 자신의 콧물·눈물·침방울 등이 튀어 타인에게 바이러스로 감염되지 않게 하기 위해 스스로 입을 틀어막는 예의를 보일 때 찾는 것이 마스크인데, 지금이 어느 때라고 답답하게 그런 예의를 일일이 다 갖추며 살아가겠는가.

전국 의사협회·전국 간호협회·전국 약사협회 그리고 감기약 제조회사 등을 상대로 해서 작성한 기초 데이터에 나타난 마스크 판매 예상고객 수는 얼마 되지 않았다. 그러나 오양물산 측에서 요구하는 것은 그런 수준이 아니었다. 광고비는 얼마가 들더라도 좋으니 이 제품만은 한해에 4천만 개 이상의 판매실적을 꼭 올릴 수 있게 해달라는 것이었다. 4천만 개라면 우리 남한 인구 전체를 잠재 고객화시킨다는 말인데, 생필품도 아닌 마스크를 국민 모두에게 하나씩 사용하게 한다는 것은 전혀 불가능한 일이 아닐 수 없었다. 내가 두 번째 부딪친 고민은 바로 여기에 있었다.

어떤 방법으로든 나는 4천만 개 정도가 팔릴 수 있는 판매전략과 카피를 연구해내지 않으면 안 되었다.

지난 10년간 하도 쥐어짜서 이제는 기름 한 방울 나올 것 같지 않은 내 머리통은, 지금 당장이라도 누가 슬쩍 한번 건드려보기만 해도 마른 깻묵처럼 우스스 바르러질 것만 같았다. 그러나 나는 곧 바스러질 것만 같은 그 머리통을 다시 쥐어짜가며 하나씩 문제를 정리해 나갔다.

1. 먼저 마스크 판매 예상고객을 국민 전체로 잡을 것.

2. 그러기 위해선 환자와 환자가 아닌 자로 나누어진 국민 중에서 환자가 아닌 자들을 모두 환자화시키는 방법이 있음(혹은 그 반대도 가능함).

3. 만약 그 환자화시키는 방법이 불가능할 때는 독감의 위험성을 강조함으로써 환자로부터의 격리, 또는 예방을 위해 국민들 스스로가 마스크를 착용하도록 유도할 것.

그러나 아무리 신문·잡지·라디오·텔레비전에서 쉬지 않고 계속 광고를 때린다 하더라도 이미 감기에 면역이 된 국민들이 그깟 흔한 독감 정도로는 쉽게 마스크를 착용하려 하지 않을 것이다. 좀 더 무서운 전염병이 필요했다. 그러나 공기오염으로 전염되는 병이란 그리 흔치가 않았다. 홍역이나 수두가 있긴 했지만 그 전염병의 대상이 성인이 아니라고 하는 데 또 하나의 문제가 있었다.

나는 분비물오염으로부터 발생하는 병의 종류와 접촉오염으로부터 발생하는 모든 지저분한 병의 종류와 성격과 처방을 면밀히 검토한 후 카피를 쓰기 위해 마지막 남은 하룻밤을 꼬박 밝힌 것이다.

이튿날 미스 오가 젖가슴을 출렁거리며 내 책상 위에 우유가 찰랑이는 종이컵을 올려놓을 때까지 나는 가까스로 두 가지의 카피 안案을 완성시켰다.

인터폰이 몇 번 울렸지만 나는 일부러 수화기를 들지 않았다.

수화기를 들지 않고서도 나는 그 소리의 강약만으로도 그것이 양 실장이라는 것을 너무도 분명히 알고 있었기 때문이었다. 양 실장은 인터폰을 누르다가 지쳤는지 미술부의 미스터 현을 카피실로 보내왔다. 카피의 완성 여부를 확인하기 위해서일 것이었다.

미스 오가 미스터 현을 향해 입술 위로 검지손가락을 세웠다. 그리고는 내게는 들리지 않는 조그만 소리로 뭐라고 소근거리자 미스터 현은 고개를 주억거리며 돌아서서 방을 나갔다. 그 짧은 순간의 모습을 처음부터 끝까지 지켜보고 있던 나는 슬그머니 어떤 생각 하나가 떠올랐다. 그래서 급히 또 하나의 카피를 써, 두 개의 안에 이은 제3의 안으로 결재서류에 덧붙였다.

크리스탈 건 이후 나는 되도록 양 실장과 얼굴을 정면으로 맞닥뜨리는 일만은 피하고 싶었다. 그것이 어제 오전 미스 오가 내 대신 양 실장에게 결재서류를 들고 들어갔던 이유였다.

양 실장에게 갔다온 미스 오는 입가에 미소를 띠며 즐거워했다.

— 역시 이 부장님은 카피에 귀재예요. 어쩜 그런 카피를 쓰실 수 있었어요. 제3안 말이에요. 양 실장님도 몹시 감탄하시더군요. 4천만 개 돌파는 무난할 것 같다구요.

제3안이란 내가 밤새 머리통을 쥐어짜가며 써낸 두 개의 안과는 대조적인 카피였다. 미스 오가 검지손가락을 입가에 세우던 모습을 보고 문득 상기한 어떤 생각을 급히 쓴, 최악의 경우를 상정한 것이었다.

쉿!

이것이 바로 양 실장이 감탄했다는 마스크 광고의 헤드라인이었다. 그 커다란 헤드라인 아래 실물 크기의 마스크 사진을 넣든지, 아니면 모델을 이용해 마스크를 착용한 얼굴 부분만 잘라 넣든지, 그것은 양 실장이 알아서 할 일이었지만, 양 실장이 오기 전까지는 제작실 부장 일을 겸했던 내 의견을 나는 그렇게 스케치로 그려넣었던 것이다.

숨쉬지 말 것!

말하지 말 것!

이 말은 마스크 사진 위에 30퍼센트 정도의 아미를 씌운 흐린 글자로 들어갈 말이었고, 그 아래에 다음과 같은 카피가 들어가게 한 것이 내가 만든 마스크 광고 카피의 제3안이었다.

'오염된 공기로부터 AIDS가 감염될 수도 있다는 허스트 빌 박사의 경고를 옆사람에게 발설하는 순간, 당신은 이미 AIDS 환자가 되어 있을는지도 모릅니다.

공포의 AIDS로부터 우리를 완벽히 보호해주는 쉿! 마스크.

쉿! 마스크 속에서 자유스롭게 숨쉬고 자유스럽게 말하는 행복한 자유를 맘껏 누리십 오! 값 500원'

나는 이제 제3안을 선택한 양 실장의 양심이나, 그동안 그렇게 참신하고 신선하게 보이던 미스 오의 감각까지도 모두 AIDS

의 병원체처럼 무섭게 느껴졌다.

나는 카피라이터라는 직업으로 도대체 지난 10년 동안 무슨 일을 해왔던가? 언어의 사기꾼, 언어의 도박꾼, 언어의 거간꾼, 언어의 쓰리꾼, 언어의 해결사, 언어의 최면술사 등으로 얼마나 많은 진실된 언어의 목을 졸라 죽였으며, 얼마나 많은 언어를 절망의 구렁텅이로 밀어넣어왔던가.

이제 며칠 후면 인쇄매체와 전파매체를 통해 이 땅의 4천만 국민들은, 안방까지 침범한 AIDS의 공포에 시달리며 '쉿!' 마스크'를 착용하고서도 불안해할는지 모를 일이었다.

나는 그날 오전에 사무실을 나와서 곧장 집으로 퇴근했고 집에서 목욕을 한 후, 만삭의 아내에게 내일 아침까지는 깨우지 말아줄 것을 부탁한 채 바로 잠자리에 들었었다. 그리고 이튿날 아침까지 내내 잠을 자다깨다 자다깨다 했던 것이었다.

심장 한가운데를 비수에 찔린 채 죽었거나, 아가미에 예리한 낚시바늘이 걸린 채 비늘이 모두 떨어져 죽은 언어들이 가슴과 입에 피칠을 하고 내 잠 속에 나타나기도 했다. 무덤을 열고 나온 언어의 시체와 해골들이, 또는 무덤도 없이 떠돌던 언어의 원혼들이 끊임없이 나타나 '네게 복수하겠다'고 말했던 지독한 악몽의 하룻밤이었다.

그동안 내가 살해한 엄청난 분량의 언어로부터, 나는 정말 아주 끔찍한 보복을 당할는지도 모른다는 무서운 예감에 몸을 떨었다. 오늘 아침의 세 번째 실어증 현상도 어떻게 보면 오랜 시간 치밀하게 복수를 꿈꿔온 언어로부터의 잔인한 보복에 앞선 하나의 경고 같은 것일는지도 몰랐다.

하긴 내가 제3안으로 써냈던 카피의 허스트 빌이란 이름의 인물이 지구상에 실제 존재하고 있는지의 여부도 나는 모른다. 만약 그런 이름을 가진 인물이 실제 있다고 하더라도 그가 청소부인지 학생인지 노동자인지 장사꾼인지 신부님인지, 아니면 경찰관인지 판검사인지, 의사인지, 그것도 아니라면 직업군인인지 정치가인지 도대체 뭘 하는 사람인지 나는 정녕 모른다. 그는 가공의 인물이므로.

그리고 외신보도로 알게 된 현대의 불치병이라는 AIDS도 미국의 동성연애자들에게서 발생한다는 것으로 보아 공기오염이 아니라 접촉오염이 분명했다.

한마디로 '쉿! 마스크' 카피는 엉터리였다.

내가 쓴 이런 엉터리 카피가 자칫 4천만 국민의 입을 틀어막게 될는지도, 혹은 그런 구실을 만들어줄는지도 모른다는 생각이 들자 나는 온몸에 소름이 돋았다.

"참, 미스 오 집이 어디지?"

나는 온몸에 돋은 소름을 털어내기라도 하듯 크게 물었다.

"정말 오시게요?"

그렇게 반문하며 미스 오는 막 울리기 시작한 수화기를 집어 들고 그 얘기의 뒷말을 마저 이었다.

"…. 후암동이에요. 아니, 네, 맞아요. 여기가 모던기획 카피실인데…. 누구요? 네, 잠깐 기다리세요."

미스 오는 내가 책상 위의 전화기에서 외부 통화번호인 2번을 누르고 수화기를 들어올릴 때까지 자기 자리에서 수화기를 내려놓지 못하고 있었다.

내가 수화기를 들고 말하자 그때서야 미스 오가 수화기를 내려놓았다. 수화기 속에서 처녀티가 완전히 밴 처제의 목소리가 들렸다.

"형부 회사가 언제 후암동으로 옮겼어요?"

"아냐, 먼저 있던 그대로다. 변한 건 아무것도 없다. 그런데 무슨 일이냐?"

"형부, 지금 언니가 수술에 들어가야 하는데 이곳 병원으로 좀 오실 수 있어요? 김 박사님이 아무래도 언니는 제왕절개를 해야 한다나봐요."

"그래 알았어. 곧 갈게."

수화기를 내려놓고 나는 책상 위에 쌓인 서류들을 대충 정리했다. 이때 또 전화가 걸려왔다.

"이 부장님, 사장님 전화예요."

미스 오의 말에 나는 전화를 받을까 말까 잠시 망설이다가 수화기를 집어들었다.

"이 부장. 난데, 거 뭐시냐, 마스크 광고 말인데 읽어보니까 아주 좋은 것 같은데 말씀야. 거 뭐시냐, 상품 이름을 '쉿마스크'로 한 건 아주 기발한 착상이었다구. 그러니 그대로 나가지 뭐. 거 뭐시냐, 라디오는 20초짜리로 하고 텔레비전은 30초짜리로 하는 게 어떨까? 거 뭐시냐, 텔레비전에 나올 여자 탤런트는 섹시한, 거 뭐시냐, 이미송을 쓰고, 남자 탤런트는 신인 거 뭐시냐 신삼팔을 지금 계약했는데 그렇게 알라구."

수화기를 내려놓자마자 나는 심한 요의尿意를 느꼈다.

"이 부장님, 오늘은 몇 번 하셨어요?"

통화가 끝나자 미스 오가 짓궂게 물어왔지만, 나는 김 사장의 얘기에서 '거 뭐시냐'가 튀어나온 횟수가 몇 번인지를 농담조로 말할 기분이 아니었으므로 잠자코 있었다.

나는 김 사장이 부탁했던 일감 모두를 책상서랍에서 꺼내 쓰레기통 속에 쑤셔박고 일어섰다.

"미스 오, 수고스럽겠지만 내 대신 아까의 그 제3안 방송콘티 좀 작성해서 양 실장에서 넘겨줘."

그리고 나는 빠른 걸음으로 칸막이방을 나와 화장실을 향했다.

모던기획은 7층짜리 건물에서 5층만을 통째로 세 얻어 쓰고 있었는데, 나와 미스 오가 근무하는 카피실은 층마다 있는 엘리베이터에서 가장 먼 거리, 그러니까 5층 남쪽 맨 구석에 처박혀 있었으므로 한번 화장실을 가려면 넓은 제작실과 총무부를 반드시 건너가야 하는 불편이 있었다.

제작실을 지날 때 양 실장이 다급한 목소리로 물고 늘어졌다.

"이 부장, 텔레비전 콘티 언제 끝납니까? 지금 화급인데…."

나는 대꾸하지 않고 빠른 걸음으로 엘리베이터 승강기 옆에 붙어 있는 화장실의 변기 앞까지 걸어가 바지의 지퍼를 내렸다.

시멘트로 된 변기 바닥을 뚫는 듯 시원스럽게 내려 쏟아지는 오줌줄기에, 촌스런 금이빨 두 개를 앞니에 해박은 거 뭐시냐 김 사장과, 김 사장의 처남인 양 실장의 얼굴과, 한번밖에 본 적이 없는 오양물산의 오만불손한 대머리 사장의 얼굴을 구겨넣자 제각기 흩어져갔다.

나는 배설의 자유를 만끽하며 고개를 쳐들어 정면을 바라보았다. 거기 거울에 비친 사내 하나가 입을 오물거리고 있었다.

나는 '개새끼'라는 말을 한번 입속으로 중얼거려보았다. 이번엔 그 말이 그대로 발음이 되어 입 밖으로 튀어나왔다. 개새끼라는 말은 직선으로 튀어나가 거울에 부딪치자 다시 반사되어 내 얼굴로 침처럼 날아와 달라붙었다.

— 퇴근은 병원으로 하세요, 네.

출근할 때 당부하던 아내의 말이 떠올랐다. 아내의 배를 가르고 나올 귀여운 내 아기의 건강한 울음소리도 들리는 것 같았다.

곧 태어날 내 아기에게 나는 무슨 말을 해줄 수 있을까? 내가 해줄 수 있는 말이 아직 내게 남아 있을까? 아직 내 몫의 말이 남아 있는 것일까?

거울아, 거울아, 이 세상에서 누가 제일…?

이상했다. 이번엔 발음이 안 되는 것이 아니라 단어가 떠오르지 않았다. 그 다음 말이 별안간 생각이 나지 않았다. 나는 정확한 말을 찾을 수 없었다. 질문형으로 구성된 그 문장의 마지막 자리에 맞는 단어를 찾기 위해 나는 바지의 지퍼를 올리고도 한참을 더 그렇게 거울 속을 들여다보면서 서 있었다.

"외롭냐? 슬프냐? 예쁘냐? 착하냐? 강하냐? 무섭냐? 무식하냐? 잔인하냐…?"

아니, 어쩌면 어미語尾가 '냐?'가 아니라 '니?'인지도 몰랐다.

"무섭니? 강하니?"

그래, 그러고 보니 '니?'가 맞는 것도 같았다.

"이 부장! 내게 무슨 불만이 있으면 직접 내게 와서 말할 것이지, 화장실 거울에 대고 강하냐 잔인하냐 무식하냐라니 그게 도대체 무슨 짓이오. 알 만한 사람이…."

어느 틈에 양 실장이 화장실까지 따라들어와 내 곁에 버티고 서서 나의 '피나는 발성연습(?)'을 지켜보고 있다가 그렇게 큰소리로 대들었다.

나는 양 실장을 힐끗 쳐다보고는 상대하고 싶지도 않아 곧장 화장실을 나와 엘리베이터 승강기 쪽으로 걸어갔다. 그리고 하향 버튼을 눌렀다.

뒤따라온 양 실장이 내 등 뒤에서 버럭 고함을 질렀다.

"이 부장! 내 말이 말같지 않소?"

나는 등을 돌렸다. 낯익은 총무부 사원 하나가 화장실로 들어서면서 나와 양 실장을 한번 쳐다봤다. 나는 무겁게 입을 열었다.

"그렇습니다, 양 실장 말은 오해와 왜곡에서 생긴 잘못된 말이므로 맞는 말이 아닙니다. 지금 어떻게 그 오해를 풀어드려야 할지 모르겠습니다."

"뭐야? 오해라구? 이 새끼가 정말…."

양 실장의 흥분이 한껏 고조됐을 때 엘리베이터 문이 열리며 영업부 최 부장이 나오면서 양 실장과 마주 선 나와 눈이 마주치자 너스레를 떨어댔다.

"아니, 이게 누구요? 이 부장 아니오? 이거 한 회사에 근무하면서도 얼굴조차 잊어버리게 됐으니 원. 우리 오늘 퇴근 후 이거, 어떠슈?"

최 부장은 오른손을 들어 허공에서 엄지와 검지 두 손가락을 앞으로 폈다가 반쯤 뒤집으며 술잔을 입에 털어 넣는 시늉을 해 보였지만, 양 실장은 땡감을 씹은 떨떠름한 표정을 지어 보였고, 나는 엘리베이터 문이 닫혀서 7층까지 올라갔다가 다시 내려오는 모양을 버튼에 들어오는 불빛으로 보고 있었다.

나는 다시 내려와 두 쪽으로 갈라진 엘리베이터 문 안으로 두 발을 모두 옮겨놓고 닫힘 버튼을 눌렀다.

엘리베이터 문이 닫히는 순간 당황한 양 실장이 '이봐! 이 부장 너 이 새끼 정말, 야!' 하고 소리쳤지만, 이미 한번 닫혀서 움직이기 시작한 엘리베이터 문은 '이 새끼'나 '야!'가 아니라 '열려라 참깨!'의 주문이라도 쉽게 열리지는 않을 것이었다.

엘리베이터 걸이 없는 무인 엘리베이터 안에는 출입구 왼쪽 눈높이쯤에 손바닥만 한 거울이 하나 붙어 있었다.

하강을 시작한 엘리베이터 안에서 그 거울에 시선이 가닿자마자 나는 갑자기 심장이 얼어붙는 듯한 공포를 느꼈는데, 그것은 곧 나올 것 같은 내 말이 목구멍 안에 어둡게 갇혀서 발음이 되어지지 않은 채 안타깝게 몸부림만 치고 있었기 때문이었다. 미치도록 답답한 시간이 지나자, 다음 순간, 내가 그토록 간절히 밖으로 뱉어내고 싶어한 말, 새로 태어날 내 아기에게 가르쳐줄 말, 그 한마디의 말은 점차 하강하는 엘리베이터 자체로 변해갔다.

누가 수술용 메스로 이 기계를 두 쪽으로 갈라놓을 것인가?

엘리베이터가 아래층에 도착해서 문이 자동으로 열릴 때까지의 그 시간 안에 나의 입이 열리지 않는다면, 나는 틀림없이 영원한 벙어리가 되고 말 것 같다는 무서운 예감이 들었다.

무거운 짐

부산에 있는 그녀로부터 명훈에게 DDD 전화가 걸려온 것은 전혀 예기치 못했던 일이었다.

동료(라고 해봤자 미술부의 두 친구뿐이지만)들과 점심식사를 하고 사무실로 들어온 지 얼마 되지 않아서였다. 그는 경리과의 미스 양이 넘겨주는 시외전화 한 통을 받게 되었다. 수화기 속에서 처음 듣는 여자의 음성이 매우 친숙한 듯한 말투로 들려왔다.

"부산의 미애예요."

"저, 누구를 찾으시는지…."

어리벙벙해진 명훈이 더듬거렸다.

"명훈 씨 맞죠? 난 하숙집 옆방에 있던…."

명훈은 그제서야 아차 싶었다. 하숙집 옆방에서 한 달을 살다 내려간 그녀의 모습이 떠올랐다. 해외개발공사에서 1개월간 소양교육을 받고 아라비아인가 리비아인가로 간호원 취업을 떠난다고 하던 바로 그녀였다. 송별식까지 해주었기 때문에 외국에서 간호원 생활을 잘하고 있겠거니 싶었다. 하숙집 아주머니도 그녀가 부산에 들러 부모님께 인사드리고 곧장 집을 정리해서 공항으로 나갈 것이라고 말했기 때문에 그녀가 이미 출국을 한 것으로만 알고 있었다. 그런데 그녀로부터 불쑥 사무실로 전화가 걸려 왔으니 이상스럽기도 했고, 한편 반갑기도 했다.

그녀를 반갑다고 느끼는 것은 명훈이 나름대로의 비밀스런 이유가 있었기 때문이었다.

벌써 한 달 전의 일이었다. 한 하숙집에 살아도 하숙생들이 들어오고 나가고 하는 것에 대해 명훈은 전혀 무관심했었다. 아니 관심을 가지래야 가질 수도 없었다고 말하는 것이 좀 더 솔직한 표현이 될 것이었다. 왜냐하면 그가 하숙집에 들어가는 시간은 늘 자정을 훨씬 넘어서 그것도 술에 곤죽이 되어서였고, 하숙집에서 일어나는 시간도 출근시간이 임박해서였으니 아침은커녕 세수도 제대로 못하고 출근하는 경우가 허다했다.

그러던 어느 날이었다. 여느 때와 마찬가지로 그날도 그는 미술부 동료들과 어울려 밤 늦게까지 술잔을 비워대고 새벽녘이 다 되어서야 술에 곤죽이 되어 하숙집으로 기어들어왔을 때였다.

하숙집의 긴 마루 끝에 붙어 있는 화장실로 가서 문이 반쯤 열려 있는 화장실의 소변기에 오줌을 누고 있을 때였다. 그때 '어맛!' 하고 놀라는 여자의 짧은 비명 소리가 들리면서 옆에 있던 좌변기에서 누군가가 벌떡 일어서는 모습을 보았다. 그녀의 허연 허벅지살과 사타구니의 검은 부분을 순간적으로 보고 명훈은 허겁지겁 화장실을 빠져나왔다. 아무리 소변기와 좌변기가 함께 있는 남녀 공용의 화장실이라도 이 같은 경우란 있을 수 없는 일이었다. 너무 놀라서인지 힘차게 나오던 오줌줄기마저 끊겨버렸고 바지의 지퍼를 올릴 사이도 없어서 그는 급히 물건만 챙겨넣고 밖으로 뛰쳐나왔다. 술은 이미 말끔히 깨어 있었고, 화장실 안의 여자에게는 더없이 미안했다. 그렇다고 화장실 문을 정중하게 노크하고 다시 들어가서 미안하다고 사과할 수도 없는 노릇이었다. 할 수 없이 화장실 밖에서 잠시 어정거리는데 그녀가 화장실에서 나왔다. 찬바림이 휙 돌 정도의 냉랭한 얼굴로 명훈의 곁을 스쳐 마루 끝방으로 들어갔다. 그는 급히 화장실로 달려가 볼일을 마저 보고 나와서 그녀의 방 옆에 붙은 자신의 방으로 가 잤지만, 밤새 그녀의 허연 허벅지살과 사타구니의 시커먼 부분들이 눈앞에 어른거려 애를 먹었다.

아니, 출근해서도 마찬가지였다. 한번 얼핏 본 그 모습들이 그를 온종일 괴롭혔다. 하고 많은 좋은 장소 다 놔두고 하필이면 화장실에서 만날 건 뭔지 인연치고는 대단히 지저분한 인연이 아닐 수 없었다.

명훈은 그녀의 신분이 하도 궁금해서 하루는 술을 마시지 않고 일찍 퇴근한 적이 있었다. 하숙집에서 모처럼만에 저녁을 먹기 위해서였다. 그러나 옆방의 동태를 계속 살폈지만 옆방으로는 도통 밥상이 들어가는 것 같지가 않았다.

밥상을 물리며 하숙집 아주머니에게 한번 슬쩍 물어보았다.

"옆방에 웬 여자가 있던데 하숙생입니까?"

그러자 하숙집 아주머니가 명훈의 얼굴을 빤히 쳐다보며 묘한 미소를 지었다.

"미인이죠? 그런데 총각이 언제 그 아가씨 봤수? 매일 술 취해 늦게 들어오면서. 그나저나 그 부산 아가씬 이제 간다우, 벌써 한 달이 다 되어가니까."

명훈은 깜짝 놀라서 반문했다.

"가다뇨? 어딜 간단 말입니까?"

"간호원인데 아라비아로 간다던가 리비아로 간다던가. 요 앞 해외개발공사에 한 달간 소양교육 받으러 왔다우. 잠만 예서 자고 식사는 게서 한다는구료. 거기 구내식당이 있다면서 아주 지독한 아가씨라우."

그럼 벌써 한 달 동안이나 그녀를 옆방에 두고도 인사 한번 못해봤다는 얘기가 아닌가. 그러고 나서 이제 떠나는 마당에 겨우 얼굴 한번 마주쳤는데, 그나마도 서로 부끄러운 모습으로 만났으니 제기랄, 좀 진작에 만났더라면 그녀와 인상적인 데이트라도 한번 하게 됐을는지 누가 알겠는가 말이다. 명훈은 맥이 탁 풀렸다.

"출국이 언제랍니까?"

"29일이라던가 30일이라던가, 그나저나 왜 그 샤시 총각 마음에 꼭 들우?"

아주머니도 별소리를 다 한다고 하면서도 명훈은 얼굴을 붉혔다. 며칠 전 화장실에서의 그 일이 떠올랐기 때문이었다.

하숙집 아주머니 말씀대로라면 앞으로 이틀이나 사흘밖에는 시간이 남지 않았는데, 데이트 신청 한번 해보지 못하고 그녀를 그냥 떠나보낸다고 하는 것은 명훈이 자신이 지독히 못난 놈이라는 것을 자인하는 것 같아서 자꾸 심란스러웠다.

그는 저녁상을 물리고 나서 용감하게 그녀의 방문 앞에 섰다. 똑똑똑 하고 방문을 두드리자 안에서 부스럭거리는 인기척이 나더니 잠시 후 방문이 빙긋 열리며 그녀의 얼굴이 나타났다.

그녀는 잠옷차림이었다. 아마 편하게 누워서 아라비아인지 리비아인지에 가서 살 생각을 하고 있었거나 또는 일찍 잠을 청하고 있었는지도 모를 일이었다.

명훈과 마주치자 그녀는 한동안 멍청한 표정을 짓고 있었다. 남의 처녀 방문을 두드렸으면 그럴 만한 어떤 용건이 있어야 할 텐데도 전혀 그런 것 같지도 않고 도무지 이 남자가 뭘하러 왔는지를 모르겠다는 그런 투였다.

명훈은 다시 용기를 내서 말했다.

"곧 떠나신다면서요?"

"…?"

그녀는 가타부타 대답 없이 멀뚱하니 명훈의 얼굴만 쳐다보고 있었다. 그래서? 라고 반문하는 것 같았다. 내가 곧 떠나면 그게 도대체 너와 무슨 상관이 있느냐는 그런 태도였다. 그는 준비해온 말을 마저 했다.

"오늘 저와 술 한잔 하시죠. 송별식을 겸해서 말입니다."

순간이었다. 그녀의 표정에 미세한 변화가 일어났다. 눈썹이 움찔하며 위로 약간 움직였고 눈동자가 조금 커졌으며 양쪽 볼에는 붉은 빛이 깃드는 것을 그는 놓치지 않고 보아냈다. 아마도 그날 밤 화장실에서의 사건(?)을 그녀도 지금 기억해냈음이 분명했다. 처음엔 거절할 것 같은 표정이더니 점차로 승낙하는 태도로 바뀌면서 그녀는 고개를 끄덕였다. 그리고 말했다.

"그럼 잠깐 기다리세요. 옷 좀 갈아입고 나올게요."

그녀는 방문을 닫아걸었고 명훈은 그 방문 밖에서 잠시 멀뚱거리다가 쑥스러워져서 다시 자기 방으로 들어갔다. 그녀가 옷을 갈아입는 동안 그 방문 앞에서 얼쩡거리다가 자칫 다른 하숙생들이나 하숙집 아주머니의 눈에라도 뜨이는 날엔 별로 달갑지 않은 오해를 받게 될는지도 모른다는 생각이 들었기 때문이었다.

그러나 이번엔 명훈이 걱정하는 그런 주위의 오해 따위와는 아무런 상관도 없다는 듯, 그녀가 하숙집의 온 식구가 다 듣도록 명훈의 방문을 세차게 두드려댔다. 처음에는 하숙집 아주머니인 줄 알고 별 생각없이 방문을 열자 거기 그녀가 가벼운 청바지 차림으로 버티고 서서 명훈에게 말했다.

"난 준비가 다됐는데, 아직 준비가 다 안 되셨어요?"

"…."

"아까 송별식 해주신다고 안 그러셨나요?"

"아니 그게 아니고…."

"그럼 나가요."

그녀는 짧게 말하고 등을 돌렸다.

밖으로 나온 둘은 대학로를 걷다가 방송통신대학 맞은편에 있는 카페 '화가의 뜰'이라는 곳으로 들어갔다.

둘은 그곳에서 맥주를 마셨다. 조심해서 마신 처음의 대여섯 병까지는 괜찮았는데 2차로 옮긴 '낡은 城의 풍경'이라는 카페에서 다시 10병을 넘기면서부터는 서서히 술이 오르기 시작했다.

그런데 한가지 이상한 것은 그녀의 주량이었다. 이토록 술을 많이 마시는 여자를 그는 본 적이 없었다. 이 여자는 어떻게 된 것이 술을 마시면 마실수록 정신이 더 맑고 초롱초롱해지는 것만 같았다. 그가 말하는 얘기를 토씨 하나 빠뜨리지 않고 다 듣고는 고개를 끄덕이거나 미소를 짓거나 또는 그 말들에 대한 논리정연한 반론을 제기하기도 했다.

그녀에게 몇 번 말이 막힌 명훈은 그것도 기분이 나빴다.

명훈은 될 대로 되라는 식으로 술을 퍼마셔댔고 종내에는 횡설수설 목청 높여 떠들어대기 시작했다. 뭐 이따위 여자가 다 있는가. 술이란 마시면 마실수록 더 취하는 것이 정직한 것인데 정반대인 너는 비겁한 여자가 분명하다 어쩌구저쩌구….

그리고 그만이었다.

그 이후에는 전혀 기억이 나지 않았다. 필름이 완벽히 끊겨버린 것이었다.

이튿날 명훈은 하숙집의 자기 방에서 겨우 눈을 떴다. 그녀와 함께 술 마시던 기억은 나는데 헤어진 기억은 전혀 나지 않았다. 언제 어디서 헤어졌으며 어떻게 해서 자기 방까지 기어들어왔는지에 대해선 도무지 기억해낼 수가 없었다.

아침상을 갖고 들어온 하숙집 아주머니가 이불을 걷어 제치고 겨우 일어나 꺼부죽이 앉아 있는 그를 내려다보며 연실 혀끝을 찼다.

"쯧쯧쯧…. 사내가 여자에게 부축되어서 들어오는 꼴이라니 참 보기 좋수다 쯧쯧쯧…."

밥상을 내려놓고 하숙집 아주머니는 명훈이 수저를 들 때까지 맞은편에 앉아 있었다.

하숙집 아주머니의 오랜 습관이었다. 아주머니는 하숙생들이 꼭 수저를 들어야만 마음 놓고 밥상 앞을 일어서곤 했다.

명훈은 아주머니의 시선을 어서 벗어나고 싶어서 얼른 수저를 들었다. 그런데도 그날 따라 하숙집 아주머니는 자리를 일어설 생각조차 안 하고 계셨다. 수저를 드는 것만으로는 마음이 안 놓여서 그러는지도 모른다는 생각으로 그는 깔깔한 입안에 밥을 한 숟갈 푹 퍼넣고 우적거렸다. 그러자 대뜸 구역질이 치솟았다.

"쯧쯧쯧…. 옆방 아가씨가 새벽에 떠나면서 총각 일어나면 이

걸 전해달라고 맡깁디다. 쯧쯧쯧….”

하숙집 아주머니는 앞치마 주머니에서 십자가 모양으로 접힌 메모지 한 장을 꺼내서 내밀었다.

예정대로라면 아직 그녀의 출국일자는 며칠 더 남았을 텐데 그는 이상하다고 생각했다. 그러자 하숙집 아주머니는 명훈의 그 표정에서 그러한 질문을 모두 읽어낸 듯 몸을 서서히 일으키면서 말했다.

“집이 부산이어서 아마 떠나기 전에 지 집엘 좀 댕겨서 갈 모양입디다.”

하숙집 아주머니는 한번 더 혀끝을 차고 방을 나갔다. 아주머니가 나가자마자 그는 밥상에 숟갈을 내려놓고 메모지부터 펼쳐보았다. 메모지에는 정성스럽고 예쁜 글씨체로 이렇게 쓰여 있었다.

명훈 씨
밤새 생각해보았지만
명훈이라는 이름의 재건학교에
입학하기에는
내 스물일곱이라는 나이가
너무 늙은 것 같아서
그냥 떠나기로 했습니다.
자, 그럼 또.

— 미애 드림.

취중에 그녀에게 또 예의 그 희떠운 소리를 지껄인 모양이었다. 제발 외국으로 나가지 말고 명훈이라는 재건학교로 입학해서 노총각 하나 구원해달라는 구걸을 한 모양이었다.

명훈이 사랑을 느꼈던 여자들은 한결같이 무슨 약속이라도 한 듯 모두 외국으로 유학을 떠나거나 취업을 떠나기 일쑤였다. 이번이라도 예외일 수는 없었다.

그녀가 외국으로 떠난다고 해서 사랑을 느꼈는지 명훈이 사랑을 느끼자마자 그녀가 외국으로 떠나는 것인가는 잘 모르겠지만 어쨌거나 그가 재건학교 소리를 하긴 분명히 한 모양이었다. 그렇지 않고서야 명훈이라는 재건학교 운운의 메모가 이처럼 남겨질 리는 없었다.

그 후 며칠간을 명훈은 줄곧 그녀 생각만 했다. 그러다가 한 달이 지나자 이제는 리비아인지 아라비아인지 하는 곳으로 떠나 일 잘하고 있겠거니 하며 거의 잊어가고 있을 때였다.

오늘의 전화를 받은 것이었다.

명훈은 그녀의 전화가 정말 뜻밖이었다. 그래서 대뜸.

"아직 안 떠나셨습니까? 난 그쪽으로 이미 떠나셨는 줄 알고…."

그녀는 명훈의 말은 별로 신경쓸 일도 없다는 듯 그대로 묵살하고 몹시 다급한 목소리로 말했다.

"명훈 씨 부탁이 하나 있어요."

"뭡니까?"

"나 돈 좀 꿔주세요."

"…."

명훈은 어이가 없어서 그만 입을 다물어버렸다. 그러자 그녀의 다급한 목소리가 이어졌다.

"지금 이 전화 DDD에요, 자 어서 볼펜 준비하세요. 준비됐어요? 그럼 내 온라인 구좌번호를 불러드릴게요. 오팔육칠공 다시, 삼공 다시, 이칠××…."

얼떨결에 명훈은 메모지에 그녀가 불러주는 대로 온라인 구좌번호를 적었다.

"오늘 은행 문 닫기 전까지 40만 원만 주택은행의 그 구좌로 입금시켜주세요. 자, 그럼."

명훈이 뭐라고 물어보기도 전에 찰칵, 하고 일방적으로 전화가 끊기면서 뚜뚜뚜— 하는 잡음만 들려왔다.

그러나 명훈은 수화기를 내려놓을 수가 없었다. 미진한 구석이 너무 많아서였다. 그렇다고 상대방도 없는 빈 수화기를 언제까지나 그렇게 들고 있을 수만도 없는 일이어서 결국 수화기를 내려놓고 말았지만, 곰곰 생각을 정리해볼수록 이건 도대체 말도 되지 않았다.

상식적으로 생각해서 그렇다는 말이다. 그녀가 명훈에게 1, 2만 원도 아니고 40만 원이나 되는 거금을 입금시켜달라고 요구했을 때는 그럴 만한 어떤 권리나 관계가 있어야만 했다. 그런데 그녀와의 사이란 그녀가 떠나기 전날에야 겨우 같은 하숙생이라는 걸 알고 송별식을 겸해서 딱 술 한번 마신 것이 인연의 전부였다. 그런데 그녀는 무슨 권리로 명훈에게 그런 거금을 보내달라고 요구하는지 모를 일이었다. 더욱이 보내줄는지 안 보내줄는지도 모르면서 구좌번호를 제대로 적었는지조차 확인해 보지 않고 일방적으로 전화를 끊었다고 하는 사실이 명훈에게는 여간 자존심 상하는 일이 아니었다.

명훈은 망설였다.

메모지에 적힌 그녀의 온라인 번호만을 한 시간 이상 뚫어져라 노려보았다. 아라비아 숫자들이 우우우우 몰려다니면서 아라비아로 떠나려고 하는 그녀의 옷가지를 못 가게 붙잡아 찢고 있었다. 숫자에서 그녀의 다급한 음성도 튀어나오고, 술을 마시며 미소 짓던 예쁜 모습도, 화장실에서 서로 발가벗고 마주 쳐다보던 부끄러운 모습도 함께 떠올랐다.

결국 그는 경리과에서 가불한 40만 원을 미스 양을 시켜서 급히 은행에 입금시킨 후에야 깊은 한숨을 토해냈다. 그녀의 부탁대로 은행 문이 닫히기 전 시간까지 부탁한 돈을 무사히 입금시켰으므로.

그녀의 부탁대로 돈을 부쳤는데도 그녀로부터는 돈을 잘 받았다거나 돈을 못 받았다는 연락이 도통 오지 않았다.

하루가 지나고 이틀이 지나고 사흘이 되면서부터 명훈은 은근히 울화통이 치밀었다. 그러면서도 그는 끈질기게 그녀의 소식을 기다렸다.

그러나 한 일주일이 넘어가면서부터는 그녀를 맹렬히 생각했던 것과는 반대로 차츰 그녀의 생각을 잊어갔다.

괜히 리비아인지 아라비아인지 하는 곳으로 진작에 떠나버린 괘씸한 아가씨를 못 잊고 혼자 병신처럼 기다리고 있는 것 같기만 해 그녀를 향한 그리움 자체가 못마땅하게도 생각되었다.

가뜩이나 일에 밀려 바쁜 터에 문득문득 그녀 생각이 떠오를라치면 명훈은 참으로 미치고 환장할 지경이었다. 맥없이 뜯긴 돈도 돈이지만 그녀에게 자신이 그토록 한심하게 비쳤었다는 사실에 더운 분통이 터졌다.

'싸가지 없는 년. 그래 사기친 그 돈으로 잘 먹고 잘 살아라.'

그는 일을 하다가도 그 생각만 나면 한 번씩 그렇게 중얼거려야만 직성이 풀렸다.

그의 일이라는 게 순전히 감각으로 하는 것이어서 조그마한 잡념이라도 섞여들면 도무지 올바르게 일을 처리할 수가 없었다.

광고대행사의 제작실에서 카피부장으로 일하고 있다면 남들은 꽤 여러 명의 부하직원들이 있는 줄 알겠지만, 기실 그는 혼자서 그 끔찍한 분량의 일들을 다 처리하고 있었다.

하루에 서너 가지씩 밀린 카피를 혼자서 써대노라면 나중에는 숫제 머릿속에 녹 찌꺼기가 그냥 남아 있어서 술로서라도 세

척해버리지 않는다면 그냥 그대로 미쳐버릴 것만 같았다. 그가 매일 폭음을 하는 것도 이 같은 이유에서였다. 그렇게 다시 보름이 지난 어느 날이었다.

"김 부장님 전화예요."

그날의 마지막 카피를 써서 미술부로 넘기고 지끈거리는 머리통을 움켜쥔 채 그가 막 일어서려고 할 때였다.

미스 양이 전화가 왔다면서 그에게 수화기를 넘겨주었다.

오늘은 또 어떤 작자와 함께 술에 곤죽이 될 것인가를 생각하며 그는 수화기를 들었다. 그리고 깜짝 놀랐다. 수화기 속에서는 전혀 예기치 못했던 그녀의 맑고 밝은 목소리가 흘러나오고 있었기 때문이었다.

"명훈 씨예요? 나 미애예요."

얼마 전까지만 하더라도 싸가지 없는 년 어쩌구 하며 일하다 말고 한참씩 욕을 퍼부어야만 직성이 풀리던 그녀였다. 막상 그녀의 전화를 받고 보니 그는 갑자기 말문이 막혔다. 반갑기도 했고 자신이 역시 사람을 잘못 보지는 않았다는 믿음도 생겼다.

"거기 어딥니까?"

"여기 회사 앞인데, 지금 시간 있으세요?"

"지금 퇴근하려던 참입니다."

"그래요, 그럼 잘 됐군요. '화가의 뜰' 아시죠?"

"화가의 뜰이요?"

"왜 있잖아요. 지난 번 명훈 씨가 내게 송별식해준다고…."

명훈은 피식 웃음이 나왔다. 그녀가 술 취한 그를 하숙집까지 부축해다주고 그녀는 다음날 하숙집 아주머니에게 메모 한 장만 남겨놓고 훌쩍 떠났던 기억이 떠올랐기 때문이었다. 그리고 사내가 여자에게 부축되어 들어오는 꼴이 보기에 참 좋더라고 쯧쯧쯧…,거리던 하숙집 아주머니의 비아냥거림도 함께 생각났다. 맞다. 그때 둘이서 처음 들어갔던 카페의 이름이 '화가의 뜰' 이었다. 그러나 2차로 간 '낡은 城의 풍경'에서부터는 생각이 나지 않는다. 그래서 그 후로는 두 번 다시 그곳을 들르지 못했다. 왠지 그곳에 가면 자신의 부끄러운 치부를 확인하게 될 것만 같은 막연한 느낌이 들어서이기도 했지만 최근에는 독주로서 머릿속의 녹을 씻어내느라고 맥주 따위는 마실 여유가 없었던 탓도 있었다. 맥주만 마시다가 독주를 마시니까 요즘에는 제법 주량도 느는 것 같았다. 그는 이런저런 생각을 하다가 대답했다.

"알았습니다. 곧 그곳으로 나가겠습니다."

그는 수화기를 내려놓고 거의 뛰다시피 걸었다. 회사에서 약속장소까지의 거리는 5분 정도면 충분했다. 그가 경양식집 '화가의 뜰'에 들어서자 그녀는 세 번째 테이블에 옛 모습 그대로의 청바지차림으로 앉아 밝은 미소와 함께 손을 흔들어 보였다.

"도대체 어떻게 된 겁니까?"

자리에 앉자마자 명훈이 그렇게 물었지만 그녀는 입가에 잔잔한 미소만 흘릴 뿐 그 질문에는 대답하지 않았다.

그녀는 다가온 웨이터를 한번 쳐다본 후에 명훈을 향해 말했다.

"오늘 나 술 좀 사주세요. 부산에서 지금 명훈 씨한테 술 얻어 먹으러 올라오는 길이에요."

그리고 명훈이 뭐라고 대꾸하기도 전에 옆에 서서 기다리고 있던 웨이터에게 왼손을 치켜들어 검지와 중지를 V자 형으로 펴보이며 "우선 맥주 두 병하고 안주…. 안주는 마른안주로!"라고 말했다. 그렇게 시작된 술자리였다. 말하자면 그녀는 손님 테이블에 앉아 결사적으로 매상을 올리려는 술집 아가씨 같았고, 명훈은 그녀의 느닷없는 상경의 속셈을 짚어보기 위해 전전긍긍하고 있었다.

빌려간 돈을 갚기 위해 올라온 것일까, 그런 것 같기도 했고 아닌 것 같기도 했다. 명훈이 그녀에게 송금했던 돈 얘길 먼저 꺼낸다는 것이 좀 뭣하긴 하지만, 그 이야기를 빼고는 딱히 달리 할 얘기도 없어서 "지난 번 무엇 때문에 그렇게 급하게 돈을 부치라고 했습니까?"라고 물어보았지만 그 말에도 그녀는 대답 대신 그냥 웃기만 했다. 어쩌면 그녀는 해외개발공사 측에서 다소 연기됐다는 2진과 3진의 출국일자 때문에 올라온 것일는지도 모른다는 생각이 들었다.

명훈이 열심히 그녀의 상경 이유를 생각해보고 있을 때 그녀가 거푸 들이켠 술잔을 권해왔다.

술병이 꽤 여러 병 비어나갔다.

"요즘도 매일 술 마셔요?"

묘한 질문도 다 있다. 술을 따르면서 매일 술을 마시느냐니.

물론 그 말이 언젠가 둘이서 함께 술을 마시고 나중에는 명훈이 인사불성이 되도록 취해서 그녀의 부축을 받으며 하숙집까지 왔었다는 부끄러운 사실을 그녀가 다시금 상기시키기 위해서 하는 말인 줄은 알지만 명훈에게는 그 말이 좀 묘하다는 느낌을 주었다.

"뭐, 그냥…."

슬쩍 얼버무리려고 하자 그녀가 다시 말했다.

"그렇게 학교장이 매일 술타령만 하고 있는데 어느 골빈 여자가 입학을 하겠어요. 안 그래요?"

그녀의 말이 처음에는 무슨 뜻인지 잘 몰라 잠시 당황했었으나 그것이 곧 그녀가 떠나던 날 그에게 남겨놓았던 메모의 내용이었다는 사실에 생각이 미치자 그는 바싹 긴장했다.

"나 오늘 술 좀 취하고 싶어요. 괜찮겠죠?"

"글쎄, 그야 뭐…."

그가 대답을 얼버무리자 그녀가 웃었다.

"그래도 명훈 씨처럼 그렇게 엉망으로 취하진 않을 테니까 안심하세요."

말은 그렇게 하면서도 그녀는 명훈이 한 잔 마실 동안에 거의 두 잔 폭으로 마셔댔다.

"여지껏 누굴 믿어본 적이 없었어요. 고아원 원장님도, 교수도, 병원 의사도, 세상 모든 남자들은…."

갑자기 그녀의 말이 많아진다는 것은 그녀가 이제 술이 좀 취해간다는 증거인지도 몰랐다. 하긴 둘이 마셔댄 맥주가 벌써 열 병이 넘었으니 더 많이 마셔댄 그녀가 술에 취하는 것도 무리는 아닐 것이었다.

왠지 그녀는 자신이 고아원 출신이라는 사실을 굳이 밝히고 싶어했다. 그리고 명훈에게 물었다.

"지난 번 여기서 내게 사랑의 고백을 하신 것 같은데, 그 말을 지금 다시 하실 수 있어요?"

그러나 명훈은 그녀에게 취중에 무슨 말을 했는지 도무지 기억해낼 수가 없었다. 다만 그 이튿날 하숙집 아주머니를 통해 전해받은 그녀의 메모로 그녀가 밤잠을 설치면서까지 고민했다는 것이 다름아닌 '명훈이라는 재건학교에 입학해서 함께 살아보자'는 내용 같았다.

그 말을 뱉고 명훈의 얼굴을 들여다보고 있던 그녀가 다시 반쯤 마시다 테이블 위로 내려놓았던 자신의 맥주잔에 손을 갖다 댔다.

"싫으면 안 하셔도 돼요."

그녀는 맥주잔을 한입에 쭉 들이켰다. 그리고 화장실을 다녀왔다. 벌써 세 번째 화장실 행이었다. 남자나 여자나 맥주를 마시면 화장실을 자주 드나드는 것은 생리적인 현상 같았다. 명훈도 조금 전에 세 번째 화장실을 다녀왔으니까 말이다. 화장실에서 돌아온 그녀가 자리에 앉으며 말했다.

"우리 요 옆에 있는 '낡은 城의 풍경'으로 가서 한잔 더 해요."

명훈은 고개를 끄덕이며 그녀보다 먼저 자리를 일어나 카운터 앞으로 걸어갔다. 그러나 계산은 이미 끝나 있었다. 아마 명훈이 세 번째 화장실을 갔을 때 그녀가 술값을 계산한 것 같았다.

"내게 술을 사달라고 부산에서 와 갖고 이러시면…."

명훈이 꺼냈던 지갑을 다시 안주머니에 넣고 밖으로 나와 투덜거리자 뒤따라 나온 그녀가 곁으로 다가와 자연스럽게 그의 팔짱을 끼면서 귓가에 속살거렸다.

"이제, 나 돈 없어요. 그러니까 2차는 명훈 씨가 계산하세요. 알았죠?"

'낡은 城의 풍경'이 좀 더 먼 곳에 있었다면, 그렇다면 그녀가 다정하게 낀 이 팔짱을 좀 더 오랫동안 겨드랑이에 느끼면서 걸을 수 있을 텐데 하고 명훈은 생각했다. 10여 미터도 못가서 낡은 성은 나왔으므로.

낡은 성의 내부는 실내장식을 그럴 듯하게 꾸며 놓았다. 주인의 감각이 매우 독특한 것 같았다. 63빌딩이니 오피스텔이니 뭐니 하고 현대판 빌딩들이 정신없이 치솟아오르는 도심의 한 구석에다 고성古城의 모습을 그대로 재현해놓는다는 발상부터가 참으로 신선하게 받아들여졌던 것이다.

아르바이트 여대생이 테이블에 엽차를 내려놓으며 뭘로 하시겠느냐고 묻자 그녀는 명훈에게 의논도 없이 일방적으로 양

주와 마른안주를 주문했다. 주문을 받은 아르바이트 여대생이 주방 쪽으로 향하자 그녀는 비로소 명훈에게 양해를 구했다.

"우리 양주로 하지요 맥주는 너무 배가 불러서 못 마시겠어요."

명훈은 아무래도 상관이 없을 것 같아서 다시 고개를 끄덕였지만 속으로는 오늘 그녀가 술을 너무 많이 마셔서 지난 번의 자기 꼴이 되는 것이나 아닌지 은근히 걱정이 됐다.

잠시 후 명훈의 염려는 사실로 나타났다.

둘이서 양주 한 병을 주거니 받거니 하며(그러나 그녀가 명훈보다 훨씬 빠른 속도로) 비워갔다. 두 병째 역시 거의 스트레이트였다. 두 병째 딴 양주병의 허리가 채 꺾여지기도 전이었다.

그녀의 혀가 급격히 꼬부라져 있었다.

"명훈 씨가 지난 번 여기서…. 얼마나, 취하였는지…. 아세요? 내게 명훈이라는…. 재건학교에 입학하라면서…. 눈물을 그렁이며, 토한 것도 모르시죠?…. 그걸 다 닦아주고…. 부축해서…."

말을 마치기도 전에 그녀는 테이블 아래로 머리를 떨구고는 토악질을 시작했다.

명훈이 일어서서 그녀의 옆자리로 가 등을 몇 번 두드려주면서 말했다.

"안 되겠습니다. 일어나시죠. 오늘은 제가 부축해야 되겠습니다."

토악질을 멈추고 그녀가 고개를 들어 명훈을 바라보았다.

"내가 당신에게 이길 수 있었던 게 무엇인 줄 아세요?"

"…."

"바로 술이었어요. 그런데 이제…. 그것도…. 틀렸어요."

명훈은 주인에게 거듭 죄송하다고 말하면서 그녀를 부축하고 낡은 성을 빠져나왔다.

시간은 어느덧 자정이 지나 있었다.

명훈은 여자를 부축해본 경험을 갖고 있지 못했다. 그래서 지금 그녀의 겨드랑이 낀 자신의 오른손에 닿는 그녀 허리의 곡선과 젖가슴의 감촉을 어떤 희생을 지불하더라도 절대 놓치고 싶지가 않았다.

코끝에 맡아지는 그녀의 머리칼 냄새와 왼손에 만져지는 그녀의 보드라운 팔뚝….

명훈은 지난 번 자신이 인사불성이 됐을 때도 이렇게 토하고 이렇게 부축당해서 하숙집까지 끌려갔을까를 생각해보았다.

"내가 당신에게 이길 수 있었던…. 유일한 것은…."

그녀는 또 술 얘길 하는 것 같았다. 명훈보다 먼저 술에 취한 것이 몹시도 억울한 모양이었다.

"지금, 어디로…. 가는…. 거예요?"

명훈은 그 말에 문득 걸음을 멈췄다. 그러고 보니 하숙집으로 가는 길이었다.

그러나 솔직한 심정으로는 하숙집으로는 들어가고 싶지가

않았다. 오늘은 하숙집이 아닌 곳에서 한번 자보고 싶었다. 그녀와 함께.

하숙집으로 가는 길목에 금란장이라고 하는, 여관의 간판이 보였다.

명훈은 그녀를 부축하고 금란장으로 들어가 욕실이 붙어 있는 침대방을 배정받았지만, 그녀는 방에 들어서기가 무섭게 침대에 큰 대 자로 널브러져버렸다. 옷은 입은 채였다.

잠든 그녀의 모습을 가만히 내려다보며 명훈은 여러 가지 생각을 했다.

정말 이 여자의 정체는 무엇일까? 모델처럼 늘씬하고 탤런트처럼 예쁘고 여대생처럼 늘 신선한 느낌을 주는 이 여자의 정체는 정말 무엇일까? 고아로 자란 여자치고는 너무 곱게 자랐다는 생각이 들었다.

명훈은 그녀의 머리맡에 엉덩이를 걸치고 앉아서 눈으로 그녀의 몸을 더듬거리다가 자신도 모르게 손을 대고 말았다.

예상 밖으로 그녀의 저항은 완강했다.

옷을 벗길 때부터 그랬다.

처음에는 불이 너무 밝아서 부끄러워 그러는 줄 알고 조명을 최저로 내려서 사람의 윤곽만 겨우 보이게 했는데도 그녀의 저항은 필사적이었다.

그녀의 저항이 완강해지면 완강해질수록 명훈의 성욕은 더욱 뜨겁게 불타올랐다.

오랜 실랑이 끝에 겨우 땀투성이가 되어 일을 한번 치르고 나자 그녀는 울음을 터뜨렸다.

미안한 생각이 들었지만 그녀의 눈물이 명훈의 성욕을 더 자극시켰다.

….

아침, 모처럼만에 산뜻한 기분이 되어 그는 눈을 떴다.

곁에서 자고 있던 그녀의 모습은 보이지 않았다.

이불을 걷어젖히자 새하얀 침대 시트가 드러났고, 그 침대 시트 위에는 장밋빛처럼 아름다운 혈흔 세 송이가 피어 있었다.

명훈은 아찔한 현기증을 느꼈다. 머릿속에 다시금 녹이 쌓이는 것 같았다. 그녀가 있을 것만 같아 욕실문도 열어보고 침대 밑도 들여다보았지만 여관방 어느 구석에도 그녀의 모습은 보이지 않았다. 화장대 위에서 하얀 봉투와 수첩을 찢어 쓴 것 같은 메모지 한 장을 겨우 발견했을 뿐이다.

명훈은 봉투부터 집어들고 내용을 살펴보았다. 그 안에는 자신이 입금시켰던 액수가 그대로 들어 있었다.

명훈 씨

끝까지 떠나고 싶지 않았어요.

명훈이라는 재건학교에 입학하려했던 거지요.

어제 제 순결을 빼앗지만 않았더라도….

오늘 10시 제3진 비행기를 타기로 했습니다.

짐은 함께 가는 친구에게 맡겨두었어요.
내가 비행기 출발 시각까지 나타나지 않으면 그 짐은
명훈 씨에게 부치도록 했었는데,
어차피 그 짐은 다시 내 몫의 짐이 됐군요.
내 몫의 짐.
어제 날 만나자마자 명훈 씨는 돈부터 말씀하시더군요.
여기 있는 돈은 은행에서 찾아서
지금껏 보관하고 있었다는 것만 말씀 드릴게요.
부디 건강하세요.

— 미애 드림

심한 갈증이 왔다.

시계를 보았다.

시침은 이미 11시에서도 반을 건너뛰고 있었다.

명훈은 자신의 혓바닥이 지금 가뭄의 논바닥처럼 쩍쩍 갈라터지고 있다고 생각했다.

그리고 부치지 못했던 그녀의 모든 짐이 그의 가슴으로 하나씩 얹혀지고 있음도 깨달았다.

한미관계와 소외의 문제

이동하/ 문학평론가

박석수의 작품세계는 크게 보아 두 개의 계열체로 나뉘어질 수 있는 것으로 생각된다. 그 하나는 쑥고개, 즉 오늘의 송탄을 배경으로 한 작품군이요, 다른 하나는 주로 도시 월급 생활자들을 등장시켜 문명 비판적인 시각을 펼쳐본 작품군이다. 아마도 작가 자신의 이력과 긴밀한 관계를 맺고 있는 것으로 짐작되는 이 두 가지 작품 공간은 그러나 단순히 작가 개인의 삶(그것이 실제적 삶이든 상상적 삶이든)을 반영하는 것으로 그치지 않고 우리 시대의 한국사회가 안고 있는 가장 심각한 문제들 가운데 일부를 과감하게 탐구해 들어간 것으로서 본편의 의의를 획득하고 있다.

우선 '쑥고개 1·2'라는 부제를 달고 있는 「철조망 속 휘파람」과 「외로운 증언」을 살펴보자. 이 연작은 미군부대를 지키는 한국인 경비원이 의문의 피살을 당하는 데서 시작되어 그 범인의 정체가 밝혀지는 데에서 끝나고 있다. 그러니까 얼른 보면 추리소설적인 흥미를 기대해볼 수도 있는 내용이다. 하지만 작가는 그러한 흥미에 초점을 맞추는 것을 처음부터 포기하고, 그 대신 이 사건의 배후에 깔려 있는 심층적인 의미를 파헤치는 데에 주안점을 둔다. 그 심층적 의미란 간단히 말하자면 기지촌의 미군과 한국인들 간의 관계로 상징되는 우리 시대 역사의 한 비극적인 단면이다.

귀국을 눈앞에 두고 있는 미군 병사 스미스는 그가 그동안 불법적으로 취득해온 재산을 고스란히 갖고 가기 위해 기지촌에서 가장 힘이 센 두 한국인을 맞싸우게 만들고, 자신의 양자로 삼았던 한국인 하우스보이까지도 속인다. 그의 책략은 멋지게 성공하여 두 명의 한국인은 모두 죽음을 당하며, 하우스보이는 물거품이 되어버린 꿈을 되씹으며 한국 땅에 홀로 버려진다. 각자 자기 나름의 야심과 욕망을 갖고 뛰어들었던 게임에서 스미스 홀로 승자가 된 것이다. 비록 그 역시 난투의 현장에서 상당한 부상을 입기는 했지만 아예 목숨을 잃어버린 사람들의 운명과 비교하면 그 정도야 아무것도 아니지 않을까? 그뿐 아니라 그의 계약으로 빚어진 사건은 당사자들 간의 문제라는 차원을 벗어나 더 큰 결과까지 낳게 되니, 그것은 바로 미군부대에 경비원으로 근무하던 한국인 전원이 해고된 것이었다.

이러한 이야기는 앞에서도 언급했듯 분명한 상징적 의의를 지니고 있다. 작가는 이 조그마한 비극을 통하여 우리 시대의 의미를 질문하고 있는 것이다.

경비원으로 일하다가 죽은 '돼지형'의 부친, 즉 작중 화자(선구)의 할아버지가 일찍이 어떤 연유로 세상을 떠났던가 하는 점을 살펴보면 그 상징의 의의가 더욱 커지고 다면화되는 것을 느낄 수 있다. 그는 누대에 걸쳐 살아온 고향 땅이 보상금 한 푼 없이 미군 비행장 부지로 징발 당함으로써 속절없이 추방자 신세가 된 것이 한이 되어 화병으로 죽어갔던 것이다. 이런 죽음을 맞이했던 사람의 아들이 이번에는 미군부대를 경비하는 데 열성을 다하다가 미군 병사의 교묘한 농간에 말려들어 허무한 최후를 마치게 된다는 것은 얼마나 통렬한 아이러니인가.

한 집안의 2대에 걸친 이와 같은 비극은 자칫하면 패배적인 허무주의를 낳게 될 수도 있으리라. 그러나 작가는 '돼지형'의 아들인 선구를 작중 화자로 설정하면서 그에게 소박한 선의 혹은 휴머니티의 옷을 입힘으로써 이 어두운 이야기의 공간에 한 줄기 빛의 통로를 마련하고 있다. 자기 아버지의 피살을 비록 의도적이지는 않았지만 어쨌든 방조했고, 범인인 스미스의 도주를 가능케 한 인물인 쪽배를 안전한 곳으로 빼돌려주는 그의 모습으로 이 연작이 마무리되고 있다는 사실은 작가의 궁극적인 지향점이 어디에 있는가를 암시해주는 것으로서 매우 뜻깊다고 할 것이다.

물론 이러한 선구 식의 휴머니티가 현실의 공간에서 실제로 얼마만한 힘을 발휘할 수 있을 것인가에 관해서는 선불리 낙관할 수만은 없다. 할아버지와 아버지의 2대에 걸친 비극을 진정으로 극복할 수 있기에는 그것은 아직 너무 미약하지 않은가 하는 생각을 해볼 수 있는 것도 사실이다. 하지만 선구가 아직 어린 소년이라는 사실은 한편으로는 그의 현실적인 힘을 지극히 미약한 것으로 한정시키는 기능을 수행하면서, 다른 한편으로는 그의 미래에 좀 더 많은 기대를 걸도록 만들기도 하는 이중적 면모를 갖는다. 그리고 우리는 이 중에서 후자의 측면에 더 큰 비중을 부여해도 별다른 잘못이 없으리라는 생각이 드는 것이다.

쑥고개를 배경으로 삼고 있는 또 하나의 작품 「동거인」은 여러 가지 점에서 앞서 살펴본 연작과 공통되는 면을 지니고 있다. 이를테면 주인공 화자의 집안이 미군기지로 땅이 징발되는 바람에 원래 살던 곳으로부터 억울하게 추방당해야 했다는 점, 할아버지가 그것 때문에 울화통이 터져 세상을 떠났다는 점, 집안에 행방불명되어 돌아오지 않는 남자가 있다는 점 등이 모두 같다. 이런 사실로 보아 이들 두 작품은 서로 자매편의 관계에 놓인다고 결론지어도 좋을 듯싶거니와, 날카로운 현실비판적 시각이 작품 전편을 관류하고 있다는 점에서도 이들은 역시 동궤에 위치한다.

「동거인」에서 현실비판적 안목은 미군부대 주변의 술집에서 일하는 여자들이 갖고 있는 어처구니없는 위계의식을 언급하는 대목이라든지 6·25 당시 송탄이 미군의 오폭으로 쑥대밭이 되고도 전혀 보상을 받지 못한 사실을 이야기하는 대목 같은 데에서 약여하게 드러난다. 그리고 작품의 진행에 중요한 영향을 미치는 미영과 토니와의 관계에 대한 이야기 역시 이와 동일한 맥락에서 파악될 수 있다. 앞서 「철조망 속 휘파람」과 「외로운 증언」에서 진지하게 제기되었던 한국과 미국과의 관계에 대한 물음이 이 작품에서도 강렬한 톤으로 제기되고 있음을 우리는 이로부터 확인할 수 있는 것이다.

이처럼 작가가 미국의 문제를 집요하게 따지고 있는 것은 앞에서도 말했듯, 일차적으로는 그 자신의 체험에 바탕을 둔 것이겠지만 더 나아가서 생각해보면 우리 시대의 가장 중요하고도 민감한 테마 가운데 하나를 건드린 것이라고 하지 않을 수 없다. 사실 한국과 미국의 관계는 브루스 커밍즈의 연구가 잘 보여주고 있듯 해방 직후의 출발 단계에서부터 심각한 부조리와 왜곡을 포함하고 있었던 것이지만 그것이 공식적으로 검토되고 논의될 수 있게 된 것은 최근에 이르러서이며, 그런 만큼 아직도 제대로 이야기되지 못한 부분이 숱한 상태에 있다. 이러한 현실은 미국을 위해서도 바람직하지 않을 것이다. 그러므로 우리는 지금 최소한 인식의 차원에서만이라도 부조리의 바탕을 재조명하고 왜곡을 들춰내어 진실에 기초한 만남을 회복하기 위한 정신의 탐험을 서둘러야 한다.

이와 같은 정신의 탐험에 있어 문학이 기여할 수 있는 몫이 얼마나 큰가 하는 것은 새삼 말할 나위도 없다. 문학은 스스로를 허구의 베일로 둘러침으로써 역설적으로 진실을 탐색하는 막강한 무기를 손에 쥐게 되는 희한한 존재이니 만큼 이 세상에서 부조리와 왜곡이 존재하는 곳이라면 어디든 제일 먼저 뛰어가도 좋을 자격을 십분 갖추고 있거니와 한미 간의 관계에 얽힌 문제라는 것도 여기에서 예외가 될 수 없는 것이다. 박석수는 이러한 각도에서 볼 때 우리 시대의 문학에 특별히 주어진 과제 가운데 일부를 앞장서서 수행하고 있는 존재로 평가되어 무방하리라고 여겨진다.

그러나 「동거인」이 담고 있는 의미는 지금까지 이야기한 바와 같은 것만으로 한정되지 아니한다. 다시 말하자면 한국에 있어서의 미국의 의미를 질문하는 것만으로 끝나지 아니한다는 말이다. 이것과 나란히 「동거인」은 작품 속에서 압도적인 비중을 갖고 등장하는 주인공 화자의 아버지를 통해 여러 가지 문제를 우리 앞에 던지고 있는 것이다.

이 소설에 등장하는 아버지는 참으로 개성적인 인물이다. 그는 앞에서 언급한 것처럼 미군기지로 땅이 징발 당함에 따라 거지나 다름없는 신세로 전락하며 자신의 부친이 얼마 안 가 죽는 비운까지 당하게 되지만 거기에 굴하지 않고 피나는 노력을 거듭한 끝에 어느 정도의 성공을 이룩한다. 그는 무엇을 해서 성공했던가? 바로 콩나물장사였다. 미군부대가 들어서던 무렵부터 움막을 짓고 콩나물을 길러 팔기 시작한 것이 이제는 어언 30

년이 지나 움막이 공장으로 바뀔 정도가 된 것이다.

그런데 그는 힘든 콩나물장사를 하면서 '땀 흘리지 않고 버는 돈은 가치가 없다'라는 신조를 확립한다. 그리하여 예컨대 그는 모터를 한 대 사면 엄청난 양의 노동을 절약할 수 있는데도 불구하고 끝까지 모터를 쓰지 않고 힘든 펌프질을 해서 콩나물에 물을 주는 재래식 방법을 고집한다. 그것은 모터를 사는 데 드는 돈이 아까워서가 아니라 정성어린 땀으로 키운 콩나물이 되게 하려면 힘든 노동을 반드시 거쳐야 한다는 논리에서였다.

이와 같은 아버지의 모습은 이른바, 교환가치보다는 사용가치에 대해 강력한 집착을 보이는 태도이며, 따라서 다분히 전근대적인 미덕을 고수하는 자세라고 할 수 있다. 그리고 교환가치에 대한 일방적인 편애가 현대의 이른바 인간소외 현상과 긴밀한 연관을 맺고 있다고 하는 사회학자들의 이론을 승인한다면, 아버지의 자세는 소외에 저항하는 인간성 옹호의 태도라고 평가될 소지도 있다 하겠다.

하지만 아버지의 태도에 대한 우리의 논의가 이 정도에서 그치고 만다면 그것은 사실을 지나치게 단순화한 것이라는 비판을 피하기 어려울 것이다. 왜냐하면 아버지는 가족들이 그러한 자신의 가치관에 그대로 동의하지 않는다는 사태에 직면해서 철저한 독재자의 면모를 드러내고 있기 때문이다. 이는 소외에 저항하는 인간성 옹호의 태도라는 말과 조화되기 어려운 자세가 아닐 수 없다. 그러나 여기서 반드시 아버지의 태도에는 모순이 깃들여 있다는 식의 결론을 이끌어낼 필요는 없으리라. 앞에서 말했듯 아버지의 태도가 다분히 전근대적인 성향을 갖고 있는 것이라 할 때 가부장적인 권위를 내세우며 가족 구성원들의 반발을 꺾고 자신의 명령을 밀고 나가는 그의 모습은 그대로 전근대적인 부친상의 재판이라고 평가될 수 있기 때문이다.

결국「동거인」에 나오는 아버지는 다분히 복합적인 의미를 부여받을 수 있는 그러면서 분명히 뚜렷한 개성으로 생동하는 인간상이다. 이러한 아버지 앞에서 주인공 화자는 결국 화해점을 찾지 못하고 군에서 제대하여 돌아온 지 불과 엿새 만에 다시 집을 떠나게 된다.

여기에서 우리는 문학의 영원한 주제 가운데 하나인 세대간의 갈등 내지 대립이라는 모티브가 한번 더 인상적으로 변주되고 있는 모습을 보게 되거니와, 여기에서 아들이 아버지에게 맞서면서 자신의 논리를 내세우는 것은 바로 우리가「철조망 속 휘파람」연작에서 보았던 바와 같은 소박한 휴머니즘이다.「철조망 속 휘파람」연작에서 주인공 선구가 쪽배를 몰래 보내주었던 것처럼,「동거인」의 주인공은 아버지와 사업상의 경쟁관계에 있는 황씨네가 절박한 곤경에 직면한 것을 보고 아버지 몰래 그들을 돕는다. 이러한 주인공들의 행동은 결코 영웅적인 것도 아니고 화려한 것도 아니며 그보다는 차라리 수줍고 소심한 편에 가까운 것이지만 이네들의 이러한 숨은 선행이야말로 세계의 거대한 악에 맞서 인간을 지키는 보루가 된다고 작가는 생각하고 있는 듯하다.

지금까지 우리는 박석수의 작품세계를 구성하고 있는 두 개의 계열체 가운데 첫 번째에 속하는 작품들을 고찰해온 셈이다. 이 작품들은 굳이 이름 붙이자면 '쑥고개 소설'이라고 명명할 수도 있으리라고 여겨지는 바, 이들은 박석수가 확보하고 있는 대단히 개성적인 체험의 공간에서 우러난 산물로서 우리 시대의 어떤 다른 작가도 갖지 못한 고유성을 확보하고 있는 셈이다. 작가 자신도 이 점을 잘 알고 있기에 이 계열의 작품군을 쓰는 데에 특히 전력투구의 자세로 임했다는 느낌이 짙다. 중편 혹은 연작이라는 비교적 큰 규모를 부여한 것부터가 그러한 자세를 입증해주는 징표라고 할 수 있을 것이다.

여기에 비하면 박석수의 두 번째 작품군은 역시 그의 체험공간과 관련을 맺고 있다손치더라도 좀 더 일반성이 강한 것이라고 할 수 있을 것이다. 즉 작가 자신의 개성을 주장하기 어려운 세계인 것이다. 어떻게 생각하면 산업사회 속에서 중산층의 봉급생활자들이 겪는 소외의 체험이라는 것은 오늘날 가장 널리 애용되는 주제의 하나일 수도 있는 것이다. 물론 현대에서의 사회생활 자체가 이러한 소외의 체험을 다수의 사람들에게 피할 수 없는 하나의 인간 조건으로 강요하고 있는 셈이며 따라서 시대의 증인이요, 동시에 인간의 옹호자로 자임하는 작가들이 서로 다투어 이 주제에 도전하게 되는 것은 당연한 귀결이라고 말할 수도 있다. 그러나 이처럼 많은 작가들이 비슷한 테마와 씨

름하게 된다는 것은 막상 그 테마에 도전하는 작가 개개인에게는 상당한 심리적 부담으로 다가오게 되는 것이 틀림없을 게다. 보편성을 잃지 않으면서도 돋보이는 작품을 써야 한다는 피할 수 없는 요청 앞에서 야심을 지닌 작가라면 긴장을 느끼게 됨이 당연한 것이다. 그리고 이러한 긴장은 작가들마다의 다양한 전략을 낳게 만드는 것이 필연적 귀결이다.

박석수의 경우, 그가 즐겨 채택하고 있는 전략은 우화적인 기법의 활용인 것으로 보인다. 그것은 흔히 독자에게 강렬한 인상을 주기 위한 과장을 동반한다. 「신라의 달밤」이나 「거울」에서 묘사되고 있는 심리적 이상은 그 좋은 보기이다. 물론 그러한 심리적 이상으로 고통받는 봉급생활자들이 이 사회에 없는 것은 아니겠으나 이들 소설이 중점적으로 노린 바는 분명 사회적 현실의 있는 그대로의 반영이라기보다는 독자에게 메시지를 강렬하게 전달하기 위한 테크닉으로서의 우화적 형상이라고 보아지는 것이다.

박석수의 이와 같은 우화적 테크닉에의 경사는, 「우렁이와 거머리」에서는 제목이 말해주고 있는 바 그대로 우렁이와 거머리의 싸움을 통한 인간 사회에서의 선과 악의 투쟁을 상징화하는 기법으로 나타난다. 생명을 빼앗으려 달려드는 거머리를 맞이하여 필사적인 투쟁을 전개하는 큰 우렁이의 모습은 이윤동기의 더 큰 충족을 위해서는 눈 하나 깜짝하지 않고 무력한 인간들을 파괴시켜버리는 현대사회의 부조리에 저항하여 필사적인 싸움을 벌이는 작중 인물들의 모습과 아주 닮았다. 작가는 바로 이처럼 서로 닮은 두 가지 싸움의 이야기를 병치시킴으로써 자신이 전달하고자 하는 메시지에 좀 더 인상적인 스타일을 부여하고 동시에 더 큰 보편성을 주고자 한 듯이 보인다.

「우렁이와 거머리」의 경우, 이러한 방법으로 작품을 전개한 끝에 작가가 궁극적으로 기대의 눈길을 던지는 곳은 우리가 앞서 '쑥고개' 연작이나 「동거인」에서 보았던 바와 마찬가지로 소박한 휴머니티의 세계이다. 스캔들에 희생된 영화배우 안미숙이 주인공 화자와 맺어진다는 결말은 그 점을 분명하게 보여준다. 이러한 측면에 주목한다면 박석수의 작품세계를 구성하고 있는 두 개의 계열체는 서로 상이한 소재를 다루고 있음에도 불구하고 작가의식이라는 점에서는 분명히 뚜렷한 일관성을 드러내준다고 판단하여 무방할 것이다.

두 개의 계열체를 하나로 이어주는 끈은 이밖에도 여러 가지가 있다. 그 중 하나만 지적한다면, 그의 대부분의 작품이 일인칭 주인공 화법을 고집하고 있다는 점을 들 수 있을 것이다. 이것은 그의 소설들이 작가 자신의 체험과 직접적으로든 간접적으로든 연결되어 있는 경우가 대부분이라는 사실과 무관하지 않은 것으로 이해할 수 있으나 그것이 너무 변함없이 사용되다 보니까 다소 단조로운 느낌을 가져다주는 것도 사실이다.

이제 우리는 박석수가 좀 더 크고 원숙한 작가로 올라서기 위하여 반드시 부딪쳐야 할 문제 한 가지를 제시해두는 것으로 이

글을 마치고자 한다. 그것은 그가 즐겨 다루고 있는 두 가지 주제 즉 한미관계의 실상에 관한 탐구와 현대사회에 있어서의 소외의 천착이라는 것이 과연 황씨네의 콩나물을 사주고 안미숙과 결혼하는 등의 소박한 인정주의적 행동으로 작중 인물들을 끌고 감으로써 해결될 수 있을 것이냐 하는 문제이다. 좀 더 끌질긴 구조적 탐색과 좀 더 냉정한 현실이해, 그리고 좀 더 거시적인 안목의 정립이 필요한 것은 아닐까? 이것은 그가 일인칭 주인공 화법 일변도의 창작방법에서 탈피하여 좀 더 다양한 스타일을 개척하는 것이 바람직하다는 사실과도 관련을 맺고 있을 것이다.

박석수의 전기적 사실과 문학적 행로

우대식/ 시인

박석수의 고향은 첫 시집 『술래의 노래』 「暗室試寫會」 3부에 실린 바와 같이 '京畿道 平澤郡 松炭邑 芝山里 八0五番地'이다. 현재의 송탄터미널 건너편이 그의 생가가 있던 자리다. 박석수는 '내 住所를 염불처럼 외어댄다'고 고백하고 있다. 그에게 고향은 공간의 의미를 넘어 의식의 저류에 흐르면서 온전히 작품에 반영되어 있다. 그가 태어났던 집은 6·25를 전후하여 사라졌고 바로 옆에 그의 식구들이 매달려 일하던 콩나물공장과 그가 살던 집이 자리하고 있다. 콩나물과 숙주를 기르고 펌프를 켜 올리던 콩나물공장은 평범한 민가로 남아 있다. 길 옆으로 난 그의 방 창문은 반지하 같은 느낌을 주었고 밤 늦게 찾아오는 이들은 쪼그리고 앉아 그 창문을 두드렸을 것이다. 아래 소설의 한 장면은 어렵지 않게 이러한 장면을 떠올리게 한다.

길가로 손바닥만 한 창이 난 내 방은, 창문에 항시 칙칙한 무늬의 커튼을 드리우고 있었으므로 밤이나 낮이나 불을 켜놓지 않으면 몹시 어두웠다.

—「雪行」에서

박석수는 1949년 9월 16일 생으로 쑥고개 즉 송탄의 기지촌 문제를 정면으로 다룬 시인이자 소설가이다. 동두천, 의정부, 파주, 문산 등 경기 북부와는 달리 평택, 송탄의 기지촌 문제는 최근 대추리의 미군기지 이전으로 쟁점화되기까지는 수면 아래 가라앉아 있었던 것이 사실이다. 송탄의 기지촌 문제를 깊이 있게 끝까지 천착한 작가가 박석수이다. 박석수가 보여준 문제의식은 오늘날 우리가 어떤 시각에서 미군기지 이전의 문제를 바라보아야 할 것인가에 대한 인식의 폭을 확장해주는 선제적인 측면이 강하다. 그러한 이면에 위치한 쑥고개라고 하는 공간은 박석수 문학의 젖줄이었다고 해도 과언이 아니다.

그는 학창시절을 주로 수원에서 보내게 된다. 지금까지 확인할 수 있는 것은 영화초등학교, 수원북중, 삼일상고 등이 그가 학적을 두었던 곳이다. 고향이 송탄인데 어쩌다 수원에서 학창생활을 보내게 되었을까 많은 의문이 있었지만 네 살 차이가 나는 남동생 박용수 씨의 증언을 듣고 의문을 해결할 수 있었다. 학적으로만 본다면 다분히 수원이 문학적 의식의 중심에 있을 법하지만 첫 시집에서 보이는 연무동에 대한 일련의 시편을 제외한다면 사정은 그렇지 않다. 특히 소설에서는 수원의 흔적을 찾기 힘들다는 특성을 보인다. 1949년생이었던 박석수는 1950년 6·25 전쟁이 발발할 당시 지금의 콩나물공장 옆 본가에 살고 있었다. 집 근처에는 방공호가 있었고 폭격이 있을 때마다 아버지는 장남인 박석수를 챙겨 방공호로 달려갔다고 누이들에게 들은 이야기를 동생인 박용수 씨는 증언하고 있다. 어떤 연유에서인지 전쟁의 혼란 속에 수원으로 이사를 하였고 박용수 씨가 초등학교 4학년인 1965년 무렵 다시 송탄으로 이주하게 되었다. 이사 당시 박석수는 수원북중에 다니고 있었다. 기차를 타고 수원으로 통학을 하며 학교를 마쳤으니 그 노고는 말로 다할 수 없을 것이었다. 입학과 졸업이 명쾌하지 않은 데는 여러 이유가 있을 수 있으나 가난한 가정형편도 한 이유가 될 터이다. 이동하의 지적처럼 그의 대부분의 작품은 일인칭 주인공의 시점을 고집하고 있고 이것은 그의 소설들이 작가의 체험과 직접적이든 간접적이든 연결되어 있는 경우가 대부분이라는 사실[1]을 염두에 둔다면 작품 속에서 그의 학창생활을 추측해볼 수 있다.

> 며칠 후 담임선생님이 사다준 입학원서를 아버지 몰래 중학교에 접수시키면서도 나는 선생님 말씀처럼 그냥 한번 시험만 쳐본다는

1) 이동하, 「한미관계와 소외의 문제」, 『철조망 속의 휘파람』 작품 해설집, 한겨레, 1988. 338쪽.

> 생각을 가지고 있었다. 그러나 합격통지서를 쥐고 집으로 달려온 김영란 선생님은 아버지에게 된통 야단을 맞고 눈물을 흘리며 물러나셨고, 그날 밤 나는 죽지 않을 만큼 얻어터졌다.
>
> —「동거인」에서

소설 속에서는 콩나물공장에서의 충분한 노동을 약속하고 입학한 중학교는 1학년 1학기도 마치지 못하고 그만두어야 했다. 물론 이러한 내용은 소설이다. 어쩌면 소설 속의 문면을 통해 자신의 공간적 정체성이 송탄에 있음을 다시 밝히고 있는지도 모른다. 수원에서 모든 학적을 마쳤음에도 실패한 유학의 공간으로 수원을 그리고 있고, 나아가 출발점과 회귀점을 모두 송탄으로 일원화시킴으로써 일관된 공간 지향을 보여준다는 특성을 보인다.

> "쑥고개에도 고등학교가 있는데 왜 굳이 육십 리가 넘는 수원의 고등학교까지 가서 시험을 치르겠다고 하는 게냐?" (중략) "좋다. 고등학교를 어디로 가건 네가 어려운 집안 일을 지난 3년 동안처럼 계속해준다면 나는 반대할 생각이 없다. 그러나 분명히 말해두지만 고등학교뿐이다."
>
> —「동거인」에서

동생의 증언에 의하면 삼일상고로 진학한 것은 아버지의 권

유 때문이라고 했다. 박석수가 상업이나 수학을 죽도록 싫어했던 반면 사업에 몰두했던 현실적인 아버지는 상고를 졸업해 물질적 풍요와 그 끈이 닿았으면 바랐던 것이다. 그러나 고등학교 생활도 그리 원만하지는 않았다. 불량한 친구들과 어울려 다니다 학교를 퇴학당하고 수원 문화원 산하의 '장원회'라는 서클에서도 제명당했다고 본인의 연보를 스스로 적고 있다.[2] 위의 소설에서는 학교를 떠나게 된 이유를 "주산·부기·상업 등 학교의 중점적인 수업 내용은 하나의 장벽이었으며 나는 그 장벽을 고민 끝에 다시 자퇴함으로써 뛰어넘으려고 했던 것 같다"고 밝히고 있는데 이 부분에 그의 진심이 담겨 있다. 소설 속의 이야기는 문학에 뜻을 두었던 소년의 학업적 절망을 담고 있다는 점에서 현실과의 연관성을 추론해볼 수 있다. 이러한 추론은 그가 가장 존경하는 인물로 그려진 김영란 선생과의 대화에서도 드러난다.

> 네가 이 학교에서 배웠다시피 상업의 목적은 최소한의 자본을 들여서 최대한의 이윤을 추구하는 데 있어, 문학은 그 반대일지도 몰라. 특히, 시는 최대한 시간과 열정을 투자해서 그 반대급부로 단 몇 줄의 언어를 건져내는 작업임으로 엄청난 손해를 보는 것일는지

2) 『철조망 속의 휘파람』 작품 해설집, 한겨레, 1988. 이 소설집 뒤에 작가가 스스로 연보를 작성해놓았다. 그러나 정확한 학적이나 주거 상황 등이 누락되어 있어 면밀한 검토가 필요하다.

도 몰라.

—「동거인」에서

김영란 선생의 이야기는 사실 소설 속의 나의 생각을 성숙한 인간의 입을 빌려 표현한 것이다. 또 다른 한편에는 아버지의 생각이 녹아 있는 부분도 있다. 박석수가 겪은 고등학교 시절의 방황이 단지 집안 사정만은 아니라는 것을 보여준다.

그러한 방황 속에서도 그의 시적 재능은 고등학교 시절부터 빛나고 있었다. 그가 수원의 문인들과 오랜 교우를 하게 된 내력도 여기에 있다. 수원의 임병호 시인은 그의 고등학교 시절을 비교적 소상히 알고 있다. 아직도 남아 있는 수원의 화홍문화제 백일장에 임병호 시인이 심사위원으로 참여하면서 두 사람의 인연은 시작되었다고 했다. 당시 고등학생이었던 박석수 시인은 백일장에 참여한 학생이었으며 심사를 본 임병호 시인은 그의 출품작이었던「窓」이라는 시를 눈여겨보았던 모양이다. 임병호 시인은 그 시를 수인囚人의 시각에서 바라본 작품이었다고 기억하고 있었다. 백일장이 있던 그날 저녁 임병호 시인은 소설가 오영일 선생과 술잔을 기울이며 백일장에서 특이한 놈을 보았다며 이야기하고 있던 중 더벅머리의 청년이 다가와 제가 바로 박석수입니다라고 인사를 건네며 두 사람의 평생 인연이 시작되었다. 그렇다. 그는 고등학교 시절 이미 시에 미쳐 있었으며 술집을 드나들며 술을 마셨던 것이다.

그 이후로 박석수는 학교가 끝나면 송탄의 집으로 돌아가지 않고 화홍문 근처 임병호 시인의 집에서 자주 숙식을 해결하곤 하였다. 그는 외형적으로 보기에는 매우 나약하게 보였지만 술과 주먹에서는 타의 추종을 불허하였다. 어느 날 우연히 임병호 시인과 화홍문 큰 느티나무 아래서 당시 4홉들이 샛별소주를 마시며 문학에 대해 이야기하고 있을 때 불량소년들이 나타나 담뱃불을 빌려달라고 하자 임병호 시인은 깍듯하게 불을 빌려주었던 모양이다. 옆에서 보기에 고까웠던 박석수 시인은 3 대 1의 싸움을 벌이는데 순식간에 세 사람을 눕혔다. 아시아 자유청년연맹[3] 학생미술 실기대회에서 특선을 할 정도 감수성이 예민한 소년 박석수는 주먹을 겸비한 그러나 더 쓸쓸한 청년이 되어가고 있었던 것이다. 고등학교 시절 가출하여 인천의 한 나이트클럽에서 경리를 본 경력도 아마 이 주먹과 무관하지만은 않았을 것이다. 김대규 시인이 밝히고 있듯이 뒷날 임병호 시인의 시집 발문에 "나는(박석수 : 편집자 주) 상처 입은 짐승처럼 늘 으르렁댔고, 선후배를 가리지 않고 무조건 두들겨 팼으며, 교복을 입은 채 술을 엉망으로 마셔댔고, 임병호 형을 만나 희떠운 소리로 이 땅이 왜 천재를 몰라주느냐고 외쳐대기도 했"던 것이다. 문학적 치기로 똘똘 뭉쳐진 한 문학소년의 질풍노도의 시기

3) 아시아자유청년연맹은 1961년 창설하여 1962년 4월 7일 한국 위원회가 창설되었고 문화, 예술, 체육 교류 및 정기 간행물 출판사업을 주관한 단체로 오늘날 여전히 남아 있다.

를 그는 그렇게 보내고 있었다.

앞에서도 잠깐 언급했지만 등단하기 전부터 그는 이미 수원의 여러 시인들로부터 관심의 대상이 되었다. 김대규 시인과의 만남도 고1 때 이루어졌다. 당시 〈시와 시론〉 동인 가운데 한 사람이 아마 박석수 시인이 다니던 고등학교 시화전을 보고 와서 싹수가 있는 학생이 있다고 말하면서 김대규 시인과의 만남이 이루어졌다. 김대규 시인은 박석수 시인의 첫 시집인 『술래의 노래』 발문에서 아래와 같이 밝히고 있다.

> 石秀는 항상 인간보다는 작품을, 나는 작품보다는 인간을 역설했다. 그가 얼마나 사람에 시달려 짜증난 결과인지, 내가 얼마나 奇巧化되는 詩作에 혐오감을 가져온 결과인지 모르지만 (중략) 石秀와 나는 10년을 술로, 편지로, 대화로, 전화로, 詩로, 제일 깊게는 방랑의 침묵, 그 고독 속의 自立으로 친해왔다.[4)]

그는 고독했다. 그의 고향 쑥고개에서는 그가 추구하는 문학적 세계를 알아줄 사람이 없었으며, 집에서는 그가 현실적인 사업에 열중하기를 바랐다. 그러나 그는 집안의 기대를 배반했으며 김대규 시인이 이야기했듯이 '방랑의 침묵'으로 일관했던 것이다.

---

4) 김대규, 「박석수의 인간과 문학」, 시집 『술래의 노래』 해설, 시문학사, 1976, 133쪽.

그가 작성한 연보에 따르면 1970년 뒤늦게 고등학교를 졸업하고 같은해 2급 준교사 자격증을 취득한 것으로 되어 있다. 1971년 대한일보 신춘문예에 「술래의 잠」이 당선되어 그는 시인으로 등단하게 된다. 이때 심사위원이 박목월 시인과 박재삼 시인이었다.

일곱 살의 골목에는 야도를 찍어내는
두려움이 와아 와아 햇살처럼 쏟아지고
스물살 이후以後의 도시都市는 대패날이 되어
나를 문지르고 있었다.

귓속을 웅웅대는 우수憂愁의 빛깔을 끌어내
내자 완전完全한 자유를 깁고 있을 때,
내 생애生涯는 난蘭이와 눈맞추고
무궁화꽃이피었습니다무궁화꽃이피었습니다무궁화꽃이…
찾는다
환각幻覺의 다리橋에 물구나무선 나의 일곱 살,
호주머니에서 쏟아지는 천진한 기침을
숨었던 이마들은 변명辨明하고
나는 자꾸 목이 말랐다.

—「술래의 잠」 부분

신춘문예 당선작의 일부다. '야도'라는 말의 어원은 분명치 않다. 숨은 자가 술래를 피해 술래가 있던 자리에 손을 대면서 '야도'를 외치면 술래를 면하는 놀이다. 어린 시절 놀이에서 느끼는 스릴감과 스무 살이 넘어 도시에서 느끼는 살벌함이 서로 교직되어 시를 이루고 있다. '찾는다'는 시어는 박석수 시인의 의식을 대변하는 절규라고 보아도 좋을 것이다. 어둠 속에서의 방황과 불안이 이 시를 지배하고 있는데 일찍이 시인 이상李箱이 「오감도」에서 어린 아이들을 통해 보여준 근대의 불안한 풍경을 다시 만나게 된다. 스물을 갓 지난 나이에 그는 당당히 시인으로 등단을 하게 되었다.

박석수 시인이 지면 여러 곳에서 누누이 밝혔듯 그의 당선소감문은 신문에 실리지 않았다. 편지 형식으로 쓰인 당선소감문이 실리지 못하게 된 자세한 경위야 알 길이 없다. 1월 1일자 신문에 시와 사진이 실리고 심사평은 보름이 지난 후 발표되었다. 당시 심사평은 아래와 같았다.

> 그러나 그 청신한 감응력을 높이 샀으며 그것이 헝클어지지 않는 질서 아래 일정한 '톤'을 유지하고 있는 그 역량을 인정키로 한 것이다. 치우치지 않고 차분하면서 밝은 가락으로 엮어간 솜씨에 그의 신인으로서의 能과 長을 손꼽은 것이다.

위의 심사평은 일반적인 신춘문예 심사평의 그것으로서 당선 과정에서 어떠한 문제점이 있었으리라는 것을 추론키 쉽지 않다. 당선소감이 아무런 설명 없이 신문에서 누락되었던 것이 그 자신에게 커다란 마음의 상처였음은 분명한 사실이었다. 신춘문예로 등단하던 해 군대 영장을 받고 소사 33사단으로 입대하여 6주 만에 제대를 하게 된다.

1972년 〈시와 시론〉 동인으로 참여하여 「술래의 노래」와 7편의 시를 발표하였으나 그해 폐간되는 비운을 맞게 된다. 같은 평택의 사립중학교에 국어교사로 부임해 일 년 동안 교사생활을 했다고 본인이 밝히고 있으나 아직까지 정확하게 확인할 수는 없다.

1974년경 서울에 터를 잡은 그는 장시 「암실시사회」를 『현대문학』에 발표하였으나 평단으로부터 혹평을 받고 '두고보자'는 마음을 품고 변두리 잡지사에 입사하게 된다. 1974년 9월 4일자 동아일보의 문화 단신을 보면 박석수·이정원 시화전이 1일부터 7일까지 수원문화원에 열린다고 실려 있다.[5] 시에 대한 치열한 열망으로 등단 후 몇 년을 보냈던 것이다.

1976년 첫 시집 『술래의 노래』를 시문학사에서 발간하게 된다. 「암실시사회」를 『현대문학』에 발표하면서 문단을 놀래주겠다는 야심찬 기대가 수포로 돌아갔듯이 첫 시집도 문단의 반응은 싸늘한 것이었다. 양우당과 종로서적에 20부씩 위탁판매 형

5) 동아일보, 「문화단신」, 1974. 09. 04.

식으로 보내놓고 960부는 방에 쌓아두었다 좋은 시를 썼던 몇 분들에게 기증본을 보내고 모두 태워버렸다. 이 사건에 대하여 김대규는 "이 박석수의 분서갱유야말로 그의 천의무봉스러운 인성人性과 유약하기 이를 데 없는 외곬스러운 시인 기질을 만유감 없이 보여준 사건이다"[6]고 평가하고 있다. 시집이 희귀본이 되어 구하기 어려운 이유가 여기에 있다. 1976년 5월 10자에 동아일보에 『술래의 노래』가 신간으로 소개되고 있음을 확인할 수 있다.[7]

1979년 『女苑』이라는 잡지사로 직장을 옮기면서 잡지사 기자로서 본격적인 삶을 살게 된다. 여원사의 『女苑』은 1971년 창간된 잡지로 1980년대에는 『주부생활』, 『여성중앙』, 『여성동아』와 함께 4대 여성지로 손꼽히던 유명 잡지사였다. 이동하는 박석수의 소설을 평가하면서 두 계열로 나누어 설명한다. 첫 번째가 '쑥고개 소설' 계열이고 두 번째 계열은 산업사회 속에서 중산층 봉급생활자들이 겪는 소외의 체험이라고 이야기하고 있다.[8] 이동하의 평가와 같이 소위 두 번째 계열의 인물이 대개 기자라는 직업과 연관이 크다는 점에서 박석수의 직업의 정체성을 현실에서 확인할 수 있다.

첫 시집을 불태우며 다시는 시를 쓰지 않겠다고 다짐했지만

---

6) 김대규, 「인생의 방황과 예술혼의 개선」, 소설 『쑥고개』 해설, 이가책, 1993, 315쪽.
7) 동아일보, 「신간」, 1976. 05. 10.
8) 이동하, 「한미관계와 소외의 문제」, 『철조망 속의 휘파람』 작품집 해설, 한겨레, 1988, 336쪽.

사정이 그렇지만은 않았다. 조계사 불교회관에서 있었던 승려 시인 시낭송의 밤에 시조시인 정완영과 함께 연사로 초청되어 활동한[9] 기록을 보면 마음 깊은 곳에서 시심을 불태우고 있었다고 할 수 있다.

1980년 잡지 『소설문학』 편집자로 자리를 옮겨간다. 『소설문학』은 편집 겸 발행인이 김재원으로 여원사와 동일 계열의 문학 잡지이다. 1980년 5월부터 1988년 1월까지 통권 146호를 펴낸 잡지로 한국문학 잡지로는 처음으로 작가를 표지 인물로 삼았으며 1981년부터는 1,000만원 고료 장편소설을 모집하는 등 소설문학에 신선한 바람을 일으켰다. 확인되지는 않았지만 창간호부터 참여하여 편집 일을 하면서 본인의 소설 창작에 대한 열의를 더했을 것으로 보인다. 1983년 7월까지 『소설문학』 편집장으로 근무하다가 같은 해 8월부터 월간 『직장인』으로 자리를 옮기게 된다.[10]

1981년 『월간문학』 34회 신인상에 소설 「당신은 이제 푹 쉬어야 합니다」가 당선되어 소설가의 길로 들어선다.[11] 1982년 단편 「철조망 속의 휘파람」을 『현대문학』에 발표하며 소설가로서 본격적인 활동에 들어간다. 같은해 일본의 관리자 양성학교를 수료하게 된다. 일명 지옥훈련으로 불리는 이 학교는 민첩한 행동

9) 매일경제, 「27일 승려시인 詩 낭송의 밤」, 1980. 09. 20.
10) 매일경제, 「직장인 편집장으로 자리 옮겨」, 1983. 08. 11.
11) 경향신문, 1981. 08. 03. 매일경제 1981. 08. 05. 등에서 박석수의 신인상 당선 소식을 알린다.

력과 두뇌회전력으로 통해 직장인으로서의 바른 자세를 일깨워 주고, 자신의 잠재능력개발을 위한 계획을 부여하고 자신과의 끊임없는 투쟁을 통한 극기정신을 불어넣어주는 것으로 알려져 있다. 관리자 양성학교 수료의 변으로 "늘 지면으로만 알고 있던 많은 문인들과 직접 만나 그분들의 정신세계를 엿볼 수 있었던 것은 내게 커다란 행운이었다"고 고백하고 있음으로 보아 아마 혼자 간 것은 아니고 출판계열에 근무하던 문인들과 함께했던 것으로 판단된다. 이외수는 이러한 박석수의 생활을 외형적으로는 지독한 외로움의 찌꺼기를 걷어내지 않은 모습을 가지고 있지만 그는 대체로 인생이라는 것을 잘 터득해놓고 남보다 한 단계 위에서 아래를 내려다보며 바둑을 두고 있는 사내와 같았다고[12] 평가하고 있다.

이듬해인 1983년 어머니가 돌아가신다. 어려운 생활 속에서도 늘 그의 편에 서 있던 어머니의 사망은 큰 상실감으로 다가왔을 것이다.[13]

같은해 11월 5일 두 번째 시집 『放火』가 출판되었다. 시집 머리글 말미에 "아아, 세상이 깜짝 놀랄 것이라고 못난 자식 말만 믿고 『술래의 노래』를 낼 때 빚을 얻어주신 어머님의 臨終 앞에 이 못난 자식의 눈물 대신 『放火』가 놓여지길 희망한다"고 적고

12) 이외수, 「그래프의 안과 밖」, 시집 『방화』 해설, 평민사, 1983, 123쪽.
13) 동아일보 부음, 1983.9.23. 월간 『직장인』 편집차장 모친상이 부음으로 나와 있다. 모친 기일은 1983년 9월 22일 오후 6시 15분이다.

있다. 그가 첫 시집 이후 시를 쓰지 않아도 좋다고 쓴 적이 있지만『放火』의 머리글을 보면 시에 대한 치열한 의식을 다시 한번 확인할 수 있다.

> 지금, 스스로의 처음 생각을 배반하면서까지 이처럼 다시 두 번째 詩集『放火』를 묶게 된 이유는 혀를 깨물며『술래의 노래』를 찢어 버려서가 아니라, 찢어진 그 詩集 속에 참혹하게 누워 있는 내 영혼의 불꽃이 채 사그러지지 않았음을 확인했기 때문이었다.[14)]

이처럼 시에 대한 영혼의 불꽃이 그의 내면을 붉게 물들이고 있었던 것이다. 1984년 다시『女苑』으로 옮겨와 데스크를 담당하고 새롭게 창간된『미용생활』의 데스크까지 겸임하게 된다. 데스크란 일반적으로 사건을 담당하는 책임기자를 일컫는 말이다. 하지만 취재를 지시하거나 뉴스 원고를 받아 기사를 작성하는 각 부서의 차장을 지칭하기도 한다. 박석수의 소설『雪行』을 보면 고참 기자인 자신과 데스크의 묘한 갈등의 그리고 있는 부분이 있는데 여러 정황으로 보아 후자가 정확할 것이다. 당시 그의 정확한 직책은 편집부장이다. 박석수는 1984년『女苑』4월호와 관련하여 도서잡지주간신문 윤리위원회에 제소를 당할 위기에 처하기도 한다. 당시 새마음봉사단의 총재를 맡고 있던 박

14) 박석수,『방화』, 평민사, 1983, 8-9쪽.

근혜 총재와의 인터뷰 관련 건으로 인터뷰를 한 적이 없다는 박근혜 총재와 같은해 2월 23일 1시간 10분 가량 대화를 나누었다는 박석수『女苑』편집부장의 증언이 신문기사로 나오기도 하였다.[15] 스스로 데스크를 맡으면서 골병이 들었다고 증언하고 있는 바, 대중을 독자로 둔 여성잡지 데스크는 끝없이 흥미를 유발할 만한 기사를 기획하고 생산해야 했으며 그로 인한 피로감은 우리의 상상을 넘어서는 것이었다.

1985년 직장에서 쓰러져 잡지 생활 12년을 청산하고 충남 당진으로 거처를 옮기게 된다. 서울 생활을 잠시 청산할 수밖에 없었다. 그의 일상생활이 그리 행복했다고 볼 수는 없다. 두 번의 결혼 생활이 바로 그것이다. 방황으로 거듭되던 젊은 시절의 첫 여인과 그는 헤어졌다. 아이도 있었던 것으로 알려져 있다. 그가 쓰러져 충남 당진으로 몸을 추스르기 위해 갔을 때는 이미 두 번째 부인과 동행을 했던 것이다. 아동문학가 손진동 시인은 고향인 당진으로 다니러 내려왔다가 우연히 영랑사라는 절에서 박석수 시인을 만나게 되고 일 건의 제의를 받게 된다.『대한유도학교 10년사』를 함께 쓰는 일이 바로 그것이었다. 손진동 시인은 절집 요사체에서 박석수 시인의 달변인 문단 언저리 얘기를 귀를 열어놓고 들으면서 시간을 죽여나갔다고 했다. 3개월 정도 함께 절집 생활을 하면서 박석수 시인은 일보다 술을 찾

15) 경향신문, 1984. 04. 04.

는 날이 많았다고 증언하고 있다. 그는 몸도 몸이었거니와 아마 마음을 쉬고 싶었는지 모른다. 그해 그의 대표작 가운데 하나인 「외로운 증언」을 『소설문학』에 발표한다.

1987년은 그에게 기억할 만한 해였다. 1년 8개월을 쉬면서 많은 것을 정리하고 생각할 수 있었으며 2월 1일 상경해 중앙대 신문방송대학에 입학하였고 시집 『放火』가 '미국의회도서관'에 비치되었다는 사실을 확인하기도 하였다. 특히 작품의 생산 면에서는 획기적인 한 해였다. 중편 「동거인」(『소설문학』), 단편 「거울」(『현대문학』), 중편 「우렁이와 거머리」(『한국문학』), 중편 「雪行」(『월간문학』) 등 중단편을 쏟아내며 문단의 주목을 받았으며, 시집 『쑥고개』를 상자하였다. 시집 『쑥고개』의 해설에서 이윤택 시인은 다음과 같이 박석수 시인의 시세계를 논하고 있다.

> 필자는 이를 절망의 늪에서 간구하는 상상력 사냥이란 말로 표현하고 싶다. 박석수는 자신과 이웃을 싸고 있는 쑥고개의 척박한 기억에 '이미지'의 누공을 뚫는다. 여기서 박석수가 기대하는 것은 척박한 삶 자체가 아니라, 척박한 삶의 쓰레기더미에서 눈부시게 솟아오르는 '직관의 맥류' 바로 그것이다. 이 점에서 박석수의 『쑥고개』는 김명인의 『동두천』과 구별되고 여타의 70년대 이후 기지촌 소재 민중시와 구별된다.

기지촌의 부조리한 삶의 국면들이 정점에 있었을 때 김명인의 시는 휴머니즘을 바탕으로 한 상처 치유를 위한 노력에 방점을 찍지만 박석수의 문학은 치열한 고발정신을 전면에 내세우고 있다는 점에서 이윤택의 구별은 더 명백해진다. 이러한 평가는 쑥고개 연작을 꼼꼼히 살펴보면 어느 정도 이해가 간다. 예를 들어「축 - 쑥고개·24」나「걸레 - 쑥고개·25」와 같은 작품을 보면 쑥고개의 척박한 삶을 그대로 쏟아놓는 것이 아니라 직관적 이미지로 시를 형상화한다는 것을 알 수 있다. '버림받은 목숨 하나/ 몰릴 때까지 몰리다가/ 연기처럼 하늘로/ 떠올라가/ 구름이 된다./ 구름이 되어서도/ 끝끝내 축으로만/ 몰리다가 자결,/ 노을이 된다'와 같은 시구들은 쑥고개의 구체적 상황에서 이끌어 낸 낭자한 상상력이라 할 수 있다.

꽁트집『독안에 든 쥐』를 간행하고 여성잡지『마드모아젤』에「차표 한 장」을 연재한 것도 같은해였다. 이렇게 많은 작업을 한 번에 쏟아놓았다는 것은 당진에서의 1년 8개월의 요양이 단순히 쉰 것이 아니라는 사실을 반증한다. 서울로 올라온 그는 소설가 천승세의 주선으로 한겨례 주간을 맡으며 다시 출판 일에 관여하게 된다. 80년대 말이 어찌 보면 그의 문학적 행로에 있어서 가장 밝은 별이 떴던 시기였는지도 모른다. 천승세는 뛰어난 소설가이자 희곡작가로 기지촌문학의 백미인『황구의 비명』을 썼으며 또한 가히 꽁트라고 하는 장르에서 타의 추종을 불허한다는 점에서 박석수와의 영향 관계를 검토해볼 수 있다. '쑥고개'를 배경으로 하는 기지촌문학 그리고 꽁트 창작 등 박석수의 행로에서 천승세의 그림자를 어렵지 않게 만날 수 있기 때문이다. 꽁트는 어쩌면 박석수 문학의 한 축이었는지도 모른다. 출판사 다락원에 발간한 콩트걸작선에 김동리, 황순원, 최정희, 오영수 등 원로작가부터 천승세, 박완서, 이문구, 박범신, 이문열 등의 인기작가와 더불어 양귀자, 강석경 등 신진작가가 함께 참여하게 된다.[16] 박석수 또한 가장 존경하는 인물로 주저 없이 천승세를 들고 있다.

> 다소 과장법이 허용된다면, 나는 우리나라에서 우리 나라 말로 간행되어진 월간지를 제외한 거의 모든 책들을 아마 다 읽었을는지도 모른다. 그만큼 책에 대한 나의 허기는 거의 살의를 느낄 정도였다. 그러다가 한 분의 스승을 만나면서부터 나는 비로소 깨달았다. 그분은 그런 강박관념 속에서 헤매고 있는 나를 해방시켜 주었다. 거의 완벽하게. 그분이 바로 천승세 선생님이었다.[17]

천승세를 롤모델로 한 창작에 대한 열의는 서서히 문단의 주목을 받기 시작한다. 그가 발표한 「동거인」은 문순태의 「문신의 땅」과 함께 한미 관계를 새롭게 해석한 소설로 주목받는다.[18] 이러한 주목은 박석수로 하여금 더 자신과 관련된 이야기를 본격

---

16) 경향신문, 1987. 12. 29.
17) 박석수, 『철조망 속 휘파람』 작가의 말, 한겨레, 1988. 4쪽.
18) 「미국비판 담은 詩 소설 출간 잇달아」, 동아일보, 1987. 04. 08.

적으로 하게 되는 계기를 마련해준다. 그것이 바로 쑥고개의 수난사인 것이다.

1988년 드디어 소설 첫 창작집『철조망 속 휘파람』을 출간하였다. 한 달 만에 재판, 3판에 들어가는 이변을 보이며 큰 주목을 받게 된다. 첫 소설집 발간에 따른 신문기사는 간단한 신간 소개를 넘어 그의 문학세계를 짚어주고 있다.

> 朴씨는 지난 71년 대한일보 신춘문예에 詩「술래의 잠」으로 데뷔한 이래 시를 써오다 지난 82년 월간문학에 단편「신라의 달밤」으로 소설가로 재데뷔했는데 韓·美관계 마찰과 왜곡, 이로 인한 소외의 문제를 과감하게 다루고 있다는 평을 듣고 있다.[19]

이제 그는 한국의 문제적 상황을 가장 예리하게 집어내는 소설가로 인정되고 있었다. 다른 신문도『철조망 속 휘파람』을 "거의가 그의 고향 쑥고개 이야기로 채워"[20]져 있다고 소개하고 있다. 자신이 가장 잘 알고 가슴에 담아둔 이야기가 이제 독자들에게도 호응을 받기 시작한 것이다.「철조망 속의 휘파람」의 모티브는 이미 시로 쓴「개보초 - 쑥고개·9」와 정확히 일치하는 것이다.

---

19) 경향신문, 1987. 12. 21.

20)매일경제, 1987. 12. 22.

낮에는 자고 밤에는
송아지만 한 개와 함께
미군부대 철조망을 지키던
말없는 돼지형을
우리는 개보초라고 불렀다.

낮에는 자고 밤에는
숨소리를 숨기며
미군부대 철조망을 배회하는
쑥고개의 헛된 젊음들을 지키면서
돼지형은 스스로가
철조망이 되어갔다.

—「개보초 - 쑥고개·9」 부분

일명 개보초는 야간에 미군들이 보초를 서는 것이 아니라 한국 민간인이 미군을 대신해 개와 함께 보초를 서는 것을 말한다. 미군들은 지형지물에 익숙하지 못할 뿐 아니라 위험하다고 판단되는 곳은 개보초를 세웠다. 이 시에서도 개보초 '돼지형'은 죽는다. 소설 「철조망 속 휘파람」에서는 좀 더 구체적인 정황을 확인할 수 있다. '돼지형'의 죽음은 미군 부사관인 스미스의 농간으로 설정되어 있다. 이 스미스와 살갗이라는 건달의 PX를 둘러싼 거래로 '돼지형'은 죽었던 것이다. 물론 스미스에 의해 살갖이가 살해됨으로써 철조망을 둘러싼 쑥고개 민중들의 수난사를 신랄하게 보여주고 있다. 더욱이 스미스를 양아버지로 따르며 미국으로 건너가 공부할 수 있게 해주겠다는 꼬임에 빠져 두 사람의 죽음을 방조한 하우스보이 쪽배가 스미스에 의해 배반을 당하는 장면에 이르면 이는 단순히 쑥고개라는 공간을 넘어 우리 민족의 수난사라는 보편적 의미로 읽혀진다. 분단국가에 살면서 누구나 목도하는 철조망이 휴전선으로 그어져 있다면 기지촌 사람들에게는 또 다른 철조망이 기지촌과 미군부대 사이를 가르고 있다. 생존을 위해 넘나들어야 하는 기지촌의 철조망은 기지촌 사람들에게 또 다른 절망의 상징이 되었던 것이다.

박석수가 스스로 작성한 연보에서 1988년 한국시의 소중한 개성 49인의 시와 시론을 모은 편시집 『우리는 어디서나』를 간행했다고 밝히고 있는데 한겨레출판사에서 출판한 이 시집의 수록 시인은 서정주, 고은, 황지우, 최승호 등이었다.[21] 박석수는 문학출판계의 뛰어난 편집자로서 활동하면서 시와 소설을 겸해 창작하는 대표적인 문인으로 떠오르게 된다. 한 신문은 「문학장르 벽이 무너졌다」는 특집 기사를 통해 80년 이후 여러 장르를 다루는 문인이 늘어난 것은 절박한 상황에서 가능한 한 많은 장르를 통해 자기 입장을 표명하려했기 때문인 것으로 지적하고 시와 소설을 겸하고 있는 대표적인 문인으로 이제하, 송

21) 매일경제, 1988. 01. 19.

기원, 정호승, 김영현, 문형렬, 김영승, 구광본 등과 함께 박석수를 들고 있다.[22]

박석수의 소설은 송탄의 기지촌을 다루고 있다는 점에서 독보적인 위치를 점하고 있었다. 그것이 반미적 성향을 띠었다는 것은 한미관계를 새로운 위치에서 정립하고자 하는 입장, 좀 더 세밀하게 말하자면 보편적 휴머니즘을 바탕으로 한다는 점에 이견이 없을 것이다. 이즈음 출판사 한겨레에서 의미 있는 한 권의 책이 출판되었던 바 『反美小說選』이 그것이다. 반공이 국시였으며 반미는 곧 반공에 반하는 것으로 규정하던 시대에 문학적 자각은 과연 그러한가를 집요하게 되물었던 것이다. 채만식의 「논 이야기」를 위시하여 최정희의 「風流 잡히는 마을」, 남정현의 「糞地」, 이문구의 「海壁」, 신상웅의 「내가 그린 내 얼굴 하나」 등의 작품과 더불어 박석수의 「철조망 속 휘파람」이 실려 있는 이 작품집은 가히 한국의 대표적인 소설가들로 이루어져 있었던 것이다. 이 소설집은 사회적으로도 많은 관심을 불러일으켜 한 신문에서는 미국의 실상과 허상을 더듬었다고 평가[23]했던 것이다.

1989년은 벽두부터 박석수의 작품이 문화적 이슈로 떠올랐다. 한 저널에서는 뉴스를 비롯한 보도물을 넘어 방송의 각 분야에서 정치사회적 문제를 본격적으로 다루기 시작하였다고 진

22) 경향신문, 1988. 05. 13.
23) 동아일보, 1988. 09. 07.

단하고 드라마 부문에서 특별히 MBC의 〈베스트셀러 극장〉이 새로운 문제의식을 드러냈다고 평가하고 있다. 박석수의 「우렁이와 거머리」도 〈베스트셀러 극장〉으로 극화될 예정임을 소개하고 사회의식을 담은 작품이 어떻게 제작될 것인가에 큰 관심을 보이고 있다.[24] 그러나 이틀 뒤 1989년 2월 3일 KBS 2TV 〈드라마 게임〉에서 방영한 「우리는 백조를 쏘았다」가 「우렁이와 거머리」를 표절한 것으로 알려지며 언론에서 이 문제를 본격적으로 다루게 된다. KBS 측에서는 즉각 표절임을 인정하고 작가와 담당 PD를 징계하겠다고 밝히고 있고, 박석수는 본인의 명예와 정신적 손해를 적절하게 보상할 것을 요구하고 MBC와 KBS에 원작을 판 상식 이하의 사람이 되고 말았다고 개탄하고 있다.[25]

이 표절 시비에 대해 매일경제(1989. 03. 01.)도 보도하고 있으며 나아가 작가회의가 KBS에 항의해 서영훈 KBS 사장 앞으로 저작권 침해에 대한 공개서한 보내는 등 사건은 일파만파로 번지게 된다. 더욱이 박석수 뿐 아니라 송기원, 황석영, 천승세 등의 작품도 무단 개작·표절되었음을 확인하고 저작권 침해에 대한 근본적인 대책을 요구하기에 이른다.[26]

박석수에 의해 비롯된 방송의 문학 작품 표절은 전근대적인 방송 시스템에 경종을 울리는 계기가 되기에 충분하였다. 그러

---

24) 한겨레, 1989. 02. 01.

25) 경향신문, 1989. 02. 14.

26) 한겨레, 1989. 03. 07.

한 와중인 1989년 4월에 쓰러져 강남 성모병원에서 뇌종양으로 판명되어 방사선 치료를 받으며 타개 전까지 늘 죽음에 대한 의식을 염두에 두고 살아야 했다. 수술 시기 놓친 탓에 약을 복용하며 경인일보에「로보의 달」을 연재하였다.

이렇게 병을 달고 살면서도 소설과 출판 그리고 방송까지 그의 관심이 다양한 분야로 확장되었던 것이 사실이지만 시에 대한 그의 열망도 다른 신문기사를 통해 확인해 볼 수 있다. 인사동 카페 〈시인학교〉에서 두레시 동인들의 월례 시낭송회에 참여하여 '삶에 대한 문학적 대응의 한계'라는 주제로 강의를 한 사실을 확인할 수 있다.[27] 뒤이어 동인들의 낭송이 있었던 것으로 보아 문학적 대응은 아마도 시적 대응의 다른 말이 아닐까 싶다.

당시 박석수는 한국문학의 중견작가라 해도 빠지지 않을 정도의 작품적 성과를 내고 있었으며 그의 작품에 많은 관심이 표명되었다.『차표 한 장』이 출간되었을 때 관념의 과적성이 극복되어 구체적으로 분단의 아픔이 묘사되었다는 기사[28]를 비롯해 동아일보(1990. 03. 19.)와 한겨레(1990. 03. 22.)에서 앞다투어 신간으로 소개했던 것이다. 1990년『성서와 함께』라는 종교 월간지에 아우구스티누스라는 세례명으로 시를 두 편 발표한다. 종교로의 침윤은 그가 죽음과 정면으로 대치하고 있음을 보

27) 한겨레, 1989. 07. 29.
28) 경향신문, 1990. 03. 17.

여주는 것이다. 경인일보 구독자들로부터 찬사를 받으며 368회나 연재되던 소설『로보의 달』이 행림출판사에서 상·하 두 권으로 출간되었다.

앞에도 언급했지만 꽁트에 대한 박석수의 열정은 대단했다. 한 신문사에서는「인기작가들 콩트집 출간 활발」이라는 제호로 시인 김남조의『아름다운 사람들』과 소설가 김채원의『장미빛 인생』그리고 박석수의『분위기 있는 여자』를 소개하고 독특한 문체로 문학성 높은 콩트의 세계를 선보이고 있다고 평가했던 것이다.[29] 1992년에 출간된 박석수의 콩트집『분위기 있는 여자』는 따뜻한 휴머니즘을 바탕으로 우리 사회의 모순된 모습을 풍자하면서도 유쾌한 반전이 있는 짧은 소설이라는 평가를 받는다.[30] 그해 연말『문학사상』편집장으로 있을 무렵 그의 부친이 타개함으로써 그의 심신은 더욱 외롭고 쓸쓸한 처지가 된다.[31] 그 와중에도 1993년 경향신문 신춘문에 소설 부문의 심사위원이 되어 후진을 뽑기도 한다. 당시 단편소설 본심은 송영, 조세희가 예심은 최인호와 박석수가 담당하였다.[32] 신춘문에 심사위원이 가지는 상징성은 당대를 대표하는 문인이라는 사실이다. 함께 예심을 보았던 최인호의 명성이야 다시 설명할 필요가

29) 경향신문, 1992. 06. 22.

30) 동아일보, 1992. 06. 29.

31) 동아일보, 1992. 12. 29. 부음 란에 문학사상사 편집장 박석수 부친 부고를 알리고 있다. 부친의 기일은 28일 오전 10시 반이다.

32) 경향신문, 1993. 01. 01.

없을 터이다. 박석수의 죽음이 안타까운 것은 그가 살아 있었더라면 한국문학사에 분명 기록되었을 것이라는 사실 때문이다.

1993년 7월 와병 속에서도 그는 소설집 『쑥고개』를 상자한다.[33] 박석수 시인의 시 가운데 유독 많이 등장하는 시어가 바로 '고향'이다. 고향 쑥고개는 이제 더 이상 쑥고개가 아니었다.

> "지금은 '쑥고개'라고 말하는 사람이 없습니다. 모두 '송탄'이라고들 그러지요. 송탄 제이씨 회원들이 주축이 돼서 '내 고장 이름 바꾸어 부르기 운동'을 해서 고쳐놓은 것입니다. 버스 앞에도 '쑥고개'라고 표기하면 승차를 거부하자고 플래카드를 들고 데모를 하니까 버스들도 금방 '송탄'으로 바꾸더군요."
>
> —「동거인」에서

이러한 소설의 내용은 사실 당시의 송탄의 역사를 그대로 옮겨놓은 것이다. 1981년 송탄읍에서 송탄시로 승격되면서 송탄시의 주민들은 잔재처럼 남은 쑥고개라는 이름을 지워버리고 싶어했다.

> 전국에서 애향심이 가장 높다는 松炭(송탄)읍 청년회의소 회원들은 숯고개가 '쑥고개'로 불리는 내 고장 이름을 「松炭(송탄)」으로

33) 매일경제, 1993. 07. 28.

바로잡는 데 공헌했다. '쑥고개'라고 행선지를 쓴 버스 안 타기 운동을 벌였고 이를 전국청년회의소 회원들에게도 호소, 松炭(송탄)으로 바꿔놓았다.[34]

소설의 내용은 이 신문기사와 정확히 일치하는 것이다. 그러나 박석수는 같은 소설에서 "나는 사내가 데모까지 해서 바꾸었다는 송탄이 쑥고개와 어떻게 다른지를 알지 못했다"고 증언하고 있다. 사내로 상징되는 지역주민들의 생각과 작가의 생각은 출발점이 다르다. 이름을 바꾼다고 해서 본질이 바뀌지는 않는다고 박석수는 생각했던 것이다. 소설집 『쑥고개』에도 「고향」이라는 단편소설이 실려 있다. 이 소설에서 잡지 편집을 보는 '나'는 쑥고개로부터 한 통의 전화를 받는다. 전화를 한 사람은 작가를 지망하는 쑥고개 출신의 세련된 여성이다. 오직 성적인 묘사에 치중한 한 편의 소설을 보아달라는 그녀의 요청에 그는 읽어는 보았지만 대충 평가를 유보한 채 넘어간다. 그러던 어느 날 추석 때 고향에 내려가 우연히 그녀를 만나 차를 한 잔 마시게 된다. 차를 마시며 나눈 그녀와의 대화에서 그는 무섭고 소름끼치는 일이 고향에서 벌어지고 있다고 생각한다. 그녀의 마지막 말은 아래와 같다.

34) 「松炭市 基地村서 탈피 慰樂都市 지향 常住 인구 6萬명 總面積 87㎢」, 경향신문, 1981. 03. 31.

"경주나 대구, 또는 부산이나 마산 같은 데를 돌아다니다 보면 사람들을 많이 만나요. 그런데 한국 사람들은 어디서나 늘 만나는 사람들이니까 하나도 반가운 줄 모르겠는데, 미국 사람을 만나면 그렇게 반가울 수가 없어요. 그래 다가가서, 물어보지요. '너 어디서 왔느냐'구요. 그러면 그들 중의 70~80퍼센트가 모두 '쑥고개'에서 왔다는 거예요. 얼마나 반가운지. 정말, 고향을 만난 것처럼 반가워요. 아니 실제 고향 사람이기두 하구요."

이제 그의 고향 사람들 가운데 일부는 미국 사람을 같은 고향 사람으로 생각하고 있는 것이다. 그들은 개보초가 무엇인지 양색시의 의미가 무엇인지 알지 못한다. 미군을 통해 들어오는 미제 물건을 몸에 걸치고 되먹지 않은 발음으로 그들과 몇 마디를 주고받으면서 미군들과 동질성을 확인해가고 있었던 것이다. 그러나 비극적인 것은 미군은 한번도 우리와 같은 고향이라고 생각해본 적이 없다는 사실이다. 그의 소설에서 보이는 고향에 대한 날카로운 현실비판이 시로 오면 좀 더 따뜻하고 인간주의적인 것으로 흐르고 있다.

고향에 가면
보고 싶은 것도
듣고 싶은 것도
먹고 싶은 것도

모두 미국화된
고향에 가면,
이제는 하북 냇가까지
그들의 정액이 흐르고 있네.

석수
너 몸 많이 약해졌다는
소문 들리던데
오늘 이왕 내려온 김에
내일은 아예 개 한 마리 잡아서
우리 모두
하북 냇가로 놀러가자는
전과 4범 인분차 운전수
유재규 동무 말 들으면서
까닭모를 눈물 흘리네.

—「하북 냇가 - 쑥고개·40」 전문

'보고' '듣고' '먹고' 즉 모든 것이 미국화된 고향이라는 인식은 소설 「고향」에서 보여주는 것과 별 다르지 않지만 배운 것 없고 가난하게 사는 '유재규 동무'의 말이야 말로 그가 끝내 고향을 잊지 못하는 이유일 것이다. 또한 고향의 수난사를 예리하게 드러내며 아픔을 표출한 까닭도 여기에 있을 터이다. 저 따뜻한 마음이야말로 개별적인 인간들이 삶을 가치 있는 것으로 느끼게 하는 가장 강력한 무기가 아니고 무엇이겠는가?

홍일선 시인의 증언에 의하면 박석수 시인과 서로 비슷한 연배이며 경기 이남을 고향으로 한 까닭에 잘 알고 지냈으면서도 절친한 관계를 유지하지는 못했다고 했다. 병을 앓던 90년대 초반 박석수 시인은 홍일선 시인에게 연락을 취해왔다. 그 동안의 적조함을 모두 자신의 탓으로 돌렸다. 자신의 무성의함을 반성하며 이미 출간된 지 오래된 자신의 책에 서명을 하여 건네주었다고 하였다. 그는 이미 아우구스티누스라는 세례명을 받았을 당시였다고 했다. 그는 병마로 인해 죽음을 그림자를 보았던 것이다.

1996년 9월 13일 경향신문, 동아일보 등에서 일제히 그의 죽음을 알리는 기사가 올라온다. 47세, 발인은 14일 오전 7시, 장지는 경기도 용인군 천주교 공원묘지. 파란만장한 쑥고개의 아들이 이제 쑥고개에서 멀지 않은 곳에 잠들어 있다. 그리고 묻고 있다. 지금 이곳은 과연 파라다이스인가?

박석수朴石秀

1949년~1996년

시인 소설가. 경기 평택군 송탄면 지산리 출생. 중앙대 신방대학원 출판잡지학과 졸업. 1971년 대한일보 신춘문예에 시 「술래의 노래」 당선. 1981년 『월간문학』 신인상에 소설 「신라의 달밤」이 당선. 『소설문학』, 『직장인』, 『여원』 편집부장 역임. 〈시와 시론〉 동인.

박석수 전집 ❶ 소설

외로운 증언證言

지은이_ 박석수
기　획_ 박석수기념사업회
펴낸이_ 조현석
펴낸곳_ 북인
디자인_ 푸른영토

1판 1쇄_ 2021년 01월 27일

출판등록번호_ 313 - 2004 - 000111
주소_ 121-842 서울 마포구 서교동 467 - 4, 301호
전화_ 02-323-7767
팩스_ 02-323-7845

ISBN 979-11-6512-024-5　03810

이 책은 평택시 문학분야 공모사업 보조금 지원을 받아 출간하였습니다.